tascabili

Sara Rattaro

Un uso qualunque di te

GIUNTI

Progetto grafico di collana: Yoshihito Furuya
Progetto grafico di copertina: Adria Villa
In copertina: illustrazione di © Sonia Maria Luce Possentini

http://narrativa.giunti.it

Via Bolognese 165 – 50139 Firenze – Italia
Via Borgogna 5 – 20122 Milano – Italia
Published by arrangement with Berla e Griffini Rights Agency.
Prima edizione: marzo 2012

Ristampa	Anno
7 6 5 4 3 2 1 0	2017 2016 2015 2014 2013

«Chi non è mai stato ferito ride delle cicatrici altrui. [...] Oh, ma quale luce irrompe da quella finestra lassù? Essa è l'oriente, e Giulietta è il sole. Sorgi, bel sole, e uccidi l'invidiosa luna già malata e livida di rabbia, perché tu, sua ancella, sei tanto più luminosa di lei. Non servirla, se essa ti invidia; la sua veste virginale è d'un colore verde scialbo che piace solo agli stupidi. Gettala via! Ma è la mia dama, oh, è il mio amore! Se solo sapesse di esserlo! Parla eppure non dice nulla. Come accade? È il suo sguardo a parlare per lei, e a lui io risponderò. No, sono troppo audace, non è a me che parla. Due delle più belle stelle del cielo devono essere state attirate altrove e hanno pregato gli occhi di lei di scintillare nelle loro orbite durante la loro assenza. E se davvero gli occhi di lei, gli occhi del suo volto, fossero stelle? Tanto splendore farebbe scomparire le altre stelle come la luce del giorno fa scomparire la luce di una lampada: in cielo i suoi occhi brillerebbero tanto che gli uccelli si metterebbero a cantare credendo che non fosse più notte.»

Romeo e Giulietta

QUELLA SERA

Il mio telefono ha squillato dieci volte. L'hai lasciato suonare fino al trasferimento automatico alla segreteria. Nell'ultima chiamata hai registrato un messaggio strozzato ma comprensibile. La tua voce tremava mentre sprofondavo nel sonno a qualche chilometro da lì.

Erano circa le due del mattino. Mi sembra quasi di sentirti mentre rispondi «arrivo subito» a quella voce atona che si era presa la briga di avvisarci. Chissà cos'hai pensato mentre allungavi la tua mano cercandomi al buio, stupito di non trovarci il mio solito calore, perché la mia parte del letto era vuota. Hai fatto il mio numero. Niente. Ti vedo: ti sei infilato i pantaloni che avevi abbandonato sulla poltrona e hai riprovato. Nulla. Hai recuperato la maglia e le scarpe e sei corso verso la porta con le chiavi dell'auto in mano. Mi hai cercata due volte mentre scendevi le scale, una al quinto piano e l'altra al secondo. Nulla. Poi in auto, con il piede premuto sull'acceleratore, hai attraversato una piccola parte della nostra città. Hai urlato: «Maledizione, dove diavolo sei?»; avevi bisogno di me, e non solo tu, ma io mi ero resa irreperibile, di proposito. Nel parcheggio dell'ospedale hai riprovato chiedendoti come facessi a non sentire. Hai attraversato il giardino tenendo sempre il telefono attaccato all'orecchio, aggrappandoti alla speranza che oltre alla tua disperazione a raggiungermi fosse anche quella di quel luogo. Ma nulla.

Davanti a un'infermiera ti sei arreso e alla mia segreteria hai detto: «Sono in ospedale. Ti prego raggiungimi», poi il pollice sul tasto rosso e il tuo sguardo terrorizzato mi hanno spenta.

Chissà se è questa la sensazione che si prova quando si viene attraversati da una lama. Chissà se puoi guardarti con distacco mentre sanguini perché qualcosa ti ha lacerato la carne. Ho ingoiato l'aria, dopo aver ascoltato la tua voce e compreso che questa volta non sarebbe stato facile spiegare perché non mi trovassi lì. Il telefono mi si è spento tra le mani. Perché non mi hai detto in quale ospedale? Ora cosa faccio? Mi sono messa qualcosa addosso e sono schizzata via come una ladra. Avevo tutto in mano, ogni piccola cosa che mi apparteneva la stavo portando via con me, insieme al senso di colpa e alla paura. Avrei finito di vestirmi in auto, tanto qui non mi conosce nessuno.

Ho inserito le chiavi e ho acceso il motore ma mi sono accorta che non sapevo dove dirigermi. Mi sentivo come una quattordicenne che ha architettato male le bugie e adesso non sa come affrontare le conseguenze.

Potevo andare a casa sperando di trovare un biglietto o rimbalzare da un ospedale all'altro pregando di avere fortuna.

Ho provato a ragionare e mi sono diretta dove pensavo di trovarti. Ho afferrato il cellulare ormai completamente morto, ho cercato di accenderlo ma dopo il primo *bip* ne è seguito un secondo più fastidioso che sapeva di addio. Mi sono guardata intorno. Ci sarebbe voluto un telefono pubblico ma non avevo la scheda. Mi è venuto da piangere mentre attraversavo il terzo semaforo lampeggiante. Senza pensarci mi stavo dirigendo in un luogo preciso, il più probabile.

Era ancora buio e faceva freddo.

La città mi dorme sopra. Sopra di me e al mio viaggio, al senso di colpa e alla paura che mi si spalma lentamente sulla pelle.

Perché sei in ospedale? La tua voce la sento chiara in testa: «Sono in ospedale. Ti prego raggiungimi». Chissà cos'hai pensato mentre non ti rispondevo. Tu non perdi mai il controllo, sono io quella sbagliata, tu sei il punto fermo, io quella che oscilla.

Sapevo di averti trovato. Lo sapevo e basta. Istinto, intuito, uno sprazzo di lucidità o la semplice fortuna mi avevano condotto nel posto giusto. Ne ero certa.

Davanti alla sbarra di metallo dell'ospedale mi sono bloccata lasciandomi superare dalla sirena di un'ambulanza. Ho ingranato la prima e ne ho seguito la scia. Pochi metri dopo qualcosa di familiare nel colore e nella forma mi ha riempito gli occhi. La tua auto era davanti all'ingresso. Così parcheggiata occupava due posti, dovevi essere sceso di corsa. Mi sono chiesta perché.

Se eri arrivato con la tua auto non poteva esserti successo nulla di grave.

Davanti a un'infermiera ho pronunciato il mio nome e poi il tuo, sperando che capisse velocemente indicandomi dove andare.

L'infermiera mi ha detto di aspettare nella saletta accanto. Io l'ho guardata e per un breve lasso di tempo ho avuto il desiderio di prolungare quell'attesa per sempre. Mi sono aggiustata gli abiti e seduta sul bordo della sedia.

Ho guardato il distributore di bevande, una spia rossa indicava l'assenza di caffè decaffeinato, il contenitore dei rifiuti traboccava di carta appallottolata e di bicchieri di plastica sporchi. Ho iniziato a innervosirmi, aspettare senza sapere mi riempiva il vuoto nella testa di immagini inquietanti. Saltavo in piedi come una molla a ogni rumore metallico, a ogni voce, a ogni squillo di telefono. Mi è passata davanti una barella con un ragazzo ferito a una gamba e mi sono chiesta quanti anni poteva avere. L'età di Luce? Sono schizzata in piedi.

Dondolo. Se mi guardi non si vede ma io dondolo. Mi dondolano dentro le ossa, il sangue, la linfa e la maggior parte delle cellule. Ogni parte del mio corpo è impilata sull'altra come un castello di carte. Quanto tempo riuscirò a rimanere in piedi?

Ho guardato per terra, poi verso la porta. Dovevo aspettare. Ora dovevo restare calma. Tu eri sparito ma sapevo che ti trovavi da qualche parte in questa scatola di cemento e avevo paura dell'attimo in cui ti avrei visto perché tutto sarebbe stato diverso. Non saremmo stati più io con te, ma io e te.

Sarebbe andata così.

È l'imbuto che si strozza e ora o passi tu o passo io.

Un medico mi si è avvicinato velocemente, sembrava mi conoscesse. Ho trattenuto il respiro.

Ha fatto il nome di Luce.

La sensazione di essere afferrata con forza alla gola. Un istante che mi ha attraversato dai piedi alla testa, tagliente come un coltello affilato, abbagliante come un lampo.

L'ho allontanata quella sensazione. Io ero lì per Carlo, non per Luce. Ho ripensato al tuo messaggio: «Sono in ospedale. Ti prego raggiungimi». Luce cosa c'entra? Il medico mi guardava con curiosità, ha interrotto il suo discorso perché gli dovevo sembrare strana.

Mi ha chiesto: «Signora, è lei la mamma di Luce?».

«Sì, sono io... Dov'è mio marito?» ho mormorato mentre il mio corpo si riempiva di segatura.

Mi ha spiegato cosa era successo e mi sono chiesta se avesse usato le stesse parole quando l'aveva detto a te. Con me sono stati freddi e precisi ma con te non è possibile essere così, non ci riesce mai nessuno.

Tu sei sempre il cuore pulsante e io il cervello. Io vengo informata, tu coinvolto.

Ho aspettato ancora. Mi sono passate davanti delle persone sconosciute, le ho fissate attraversare la stanza una alla volta, seguendole con lo sguardo, passo dopo passo, aspettando finché non sono sparite dalla mia vista.

Imbambolata, mi chiedevo se avessi intuito che fossi qui ad aspettare. Ho sentito il solito bisogno che tu venissi a salvarmi.

Come quella volta durante la vacanza in Marocco, io mi allontanai mentre stavamo visitando un suk. Rimasi inebriata dagli odori del mercato, intensi e speziati. L'olfatto mi guidava in quel giro alternativo, un dedalo di sensazioni e colori che mi stordirono.

Non mi accorsi del tempo che passava, guardai i veli delle donne e rimasi affascinata dal loro movimento.

Carlo mi trovò come se sapesse esattamente dove fossi, mi afferrò per un braccio e mi strinse a sé: «Non farlo più. Non allontanarti mai più». Quella sera durante la cena mi raccontò di come avesse intuito cosa potesse avermi trattenuta e di come fosse volato sopra persone, ceste e banchi sperando che il cuore non gli esplodesse prima di avermi trovata.

Carlo sapeva come perdermi perché sapeva dove andare a cercarmi.

Stava per sorgere il sole e mi faceva male la testa. Credo di aver avuto paura. Il tempo passava e nessuno mi diceva nulla, tu non arrivavi e io non sapevo che fare. Mi sono domandata se stare qui immobile avrebbe potuto evitare che le cose mi precipitassero addosso.

Se facessi finta di nulla? Posso uscire dalla mia vita, dalla nostra vita? Se mi dicono che è grave, cosa faccio? Dovrei piangere? Dovrei farlo all'infinito?

La porta della sala d'attesa si è aperta e un'infermiera ha detto: «Signora, mi segua...».

Mi sono alzata lentamente, mi sentivo come se fossi fatta di plastica. Mi sono avvicinata alla porta mentre l'infermiera la teneva aperta. L'ha lasciata andare dietro di me e il colpo metallico mi ha dato una scossa. Qualcosa ha attirato la mia attenzione. Era il tuo maglione. L'ho riconosciuto. Si avvicinava con te dentro. Ti guardavo, camminavi in modo strano. Mi fissavi. I tuoi occhi dentro i miei dal fondo del corridoio che stavi attraversando. Mi sono fermata ad aspettarti. Ora potevo quasi distinguere il tuo viso. Lo spazio tra noi si riduceva velocemente. Io sono rimasta immobile mentre tu hai sollevato le mani. Le ho avvertite forti prima sulle spalle, poi sul collo.

Devi avermi alzata da terra e appoggiata al muro. Mi fai male. Non riesco a respirare. I tuoi occhi ora sono dentro i miei, ma il tuo solito sguardo non c'è. Cosa vuoi farmi? Sei così arrabbiato che vorresti uccidermi, vero? Lo so. Ora lo sai anche tu.

Qualcuno vestito di bianco è intervenuto sottraendomi alle tue mani. Mi sono toccata il collo. Non riuscivo a smettere di tossire. Avevo le lacrime agli occhi. Tu continuavi a fissarmi, mentre cercavano di portarti via.

Hai urlato: «Lasciatemi, non le faccio nulla, lasciatemi». Allora ti hanno liberato le mani, ma ti sono rimasti addosso. Ti sei avvicinato: «Come hai potuto farmi questo? Dimmelo Viola, come hai potuto?».

Da quel momento hai iniziato a mancarmi.

IL GIORNO PRIMA, ore 7.38

Ho aperto gli occhi ventidue minuti prima che la sveglia suonasse. In ventidue minuti puoi attraversare la città se non è l'ora di punta, puoi montare a neve gli albumi per fare il tiramisù, sostenere una conversazione con il call center della tua compagnia telefonica se desideri cambiare tariffa, spedire una raccomandata, sintonizzare i canali del televisore, riempire la lavapiatti dopo una cena con le amiche, guardare una puntata di *Sex and the City*, eseguire l'intervento chirurgico per correggere la miopia o fare una bella nuotata. In ventidue minuti puoi licenziarti, concepire un figlio o consumare un pasto completo.

Quel giorno in ventidue minuti ho sentito la porta di casa chiudersi due volte, Luce esce sempre qualche istante prima di suo padre, e sono rimasta immobile.

Come al solito, sono sgusciata fuori dal piumone e mi sono messa le ciabatte. Mi sono legata i capelli, infilata gli occhiali e ho ascoltato il silenzio della casa seguendo in cucina la scia del caffè che, come ogni mattina da diciannove anni, quattro mesi e una manciata di giorni, Carlo mi lasciava sui fornelli. Mi lasciava anche tre arance rosse spremute e il pane accanto alla marmellata, che toglieva dal frigorifero un po' prima perché non fosse troppo fredda.

In ventidue minuti qualcuno aveva compiuto un piccolo miracolo e apparecchiato la cucina solo per me.

Ogni giorno che il cielo ha mandato in terra ho avuto una sola convinzione, che Carlo mi amasse più della sua vita.

Mi aveva amato persino il giorno del matrimonio di sua sorella. Tutto era stato organizzato nei minimi dettagli. Carlo aveva portato Luce a dormire dai suoi genitori così che io non potessi inventare scuse per non arrivare puntuale in chiesa.

Quando però, al momento di uscire, mi trovò ancora intenta a fare colazione, esclamò incredulo: «Amore, cosa fai ancora in pigiama? Siamo in ritardo… io… io devo accompagnare mia sorella all'altare e… dovrei già essere per strada…».

«Scusa, ho dormito male e ora ho un gran mal di testa ma farò di tutto per arrivare in tempo… Se non puoi aspettarmi vai pure da solo.»

Abbassò lo sguardo. Lo sentii mormorare: «Fai come vuoi, ma ti prego non arrivare troppo tardi». Dopo una piccola pausa, con un tono completamente differente, pacato e rotondo aggiunse: «Fallo per me, ti prego», pensando a sua madre che desiderava solo una mossa falsa da parte mia.

Aspettai di udire la porta chiudersi e solo quando fui sicura che la sua auto si fosse finalmente allontanata, cominciai a vestirmi e truccarmi. Tenevo d'occhio l'orologio per calcolare il tempo a mia disposizione, mi infilai le scarpe e il vestito, afferrai la borsa e mi avviai alla cerimonia.

Senza fretta percorsi i tre isolati che mi separavano dalla chiesa di San Nazario, attraversando i giardinetti dove Luce era cresciuta, fermandomi davanti all'edicola a leggere le locandine con le notizie del giorno. Poi continuai per la mia strada stando attenta a evitare le piccole pozzanghere, anche se la tentazione di saltarci dentro e sporcarmi il vestito nuovo mi stuzzicava.

Riuscire a far smettere di piovere in tempo doveva essere costato molte preghiere alla cara Nadiria.

Con un sospiro scacciai via i cattivi pensieri dedicati a mia suocera, la giornata era ancora lunga.

Per la strada, i portoni chiusi e le finestre ancora protette dalle persiane mi si allineavano intorno suggerendomi che quello era un giorno di riposo.

Sbucai nel piazzale della chiesa nel preciso momento in cui le damigelle, dall'abito color lavanda, stavano facendo entrare tutti gli ospiti prima dell'arrivo della sposa.

Tutti tranne me, pensavo, rallentando deliberatamente il passo.

L'auto guidata da Carlo mi passò di fianco senza fermarsi. La vidi proseguire e svanire dietro l'angolo della chiesa. La sposa deve essere l'ultima a entrare. Ma c'ero ancora io, fuori.

"Secondo giro, ritenta!" pensai, sorridendo del mio piccolo dispetto.

Varcato il portone rimasi senza fiato, inebriata da un profumo meraviglioso. Era tutto incredibilmente bello. Marta aveva fatto centro.

Un tripudio di orchidee e gladioli, calle, rose, gigli bianchi e tuberose abbellivano l'altare e le panche.

Stavo barcollando sui tacchi.

L'ombra della mia silhouette fasciata dentro a un magnifico abito avorio chiarissimo (così chiaro da sembrare bianco), si allungava nella navata centrale fino a raggiungere la prima fila di panche dove Nadiria mi fissava inorridita da sotto la tesa del suo cappello.

Tutti si alzarono in piedi e in quel momento partì la marcia nuziale, mentre fuori Marta era intenta a sbucare dalla portiera posteriore di una fiammante Bentley appoggiando la sua scarpetta di raso sul selciato.

Sulle note di Mendelssohn la dolcezza appassì sul viso di Marta, mentre cercava la mano al fratello. Tremando di rabbia lo guardò e disse: «Si è presa anche la mia marcia nuziale, perché?».

Lui strinse le labbra e scosse la testa, lei lasciò che una lacrima solcasse il suo trucco perfetto.

Alle otto e una manciata di secondi, mentre spalmavo la marmellata sul pane, pensavo ancora a quel giorno e all'espressione di Marta. Erano passati quasi quindici anni ma lo sguardo che mi aveva lanciato quella mattina attraversando la navata era ancora vivo nella mia memoria. A qualche metro dal marito si era fermata, fissandomi con odio. Fu allora che colsi la sua somiglianza con Nadiria.

Stringendo il barattolo di vetro tra le mani, sono scoppiata a ridere.

Sì, Carlo mi amava nonostante sua madre dicesse che ero «completamente pazza» e gli ripetesse: «Quella donna ti rovinerà la vita».

Era lui a scapicollarsi a prendere Luce tutte le volte che io la dimenticavo, a inventare scuse plausibili per farmi apparire migliore di quella che ero.

Carlo mi amava come si amano le persone malate, senza chiedere né pretendere, ma soprattutto senza mai realizzare fino in fondo che io malata non ero.

Ascoltava i miei silenzi senza chiedermi mai a cosa stessi pensando.

Carlo e i suoi post-it sul frigorifero: «Ti amo piccola». Perché lui piccola mi vedeva davvero.

Dopo colazione mi sono rintanata di nuovo sotto il piumone. Era una cosa che adoravo fare. Sono rimasta immobile per alcuni minuti, poi mi sono alzata. Sono entrata nella tua stanza, Luce.

Nel tuo disordine, una bomba appena esplosa, mi riconosco. Per questo non riesco a correggerti. Stamattina ti sei truccata, lo capisco dall'ombretto ancora aperto. Non ti ho nemmeno vista. Sarai entrata in bagno insieme a tuo padre e l'avrai chiesto a lui come stavi: «Pa', meglio i capelli sciolti o la coda?». Carlo avrà fatto finta di non capire e come se non fosse importante avrà risposto: «La coda, così non ti danno fastidio mentre scrivi».

Non è vero, Luce. Lui preferisce la coda perché con i capelli sciolti ti trova sexy e si odia per questo. Ha paura degli altri uomini, di come ti guardano e di cosa possano immaginare mentre tu scorri la tua mano ingenua fra i tuoi lunghi capelli color cioccolata. Ha paura del sesso come mai prima d'ora. Ha paura del sesso che farai e di quello che qualcuno farà con te. Così ti tratta come un maschio sperando che tu rimanga legata a lui ancora un po'. Ha paura, Luce, perché se un altro uomo entrasse nella tua vita lui si strapperebbe a metà.

Quando avevi cinque anni gli avevi chiesto una scatola per custodire tutte le tue bambole. Io volevo comprartela nel negozio di giocattoli, ma Carlo mi chiese di avere un po' di pazienza. La costruì con le sue mani. Era una piccola cassapanca di legno scuro con il tuo nome inciso su tutti e quattro i lati. Eri così felice che volevi dormirci dentro. Io avevo paura che il coperchio potesse chiudersi durante la notte, così tuo padre ti ci cullava fino a farti addormentare. Poi ti prendeva in braccio e ti metteva nel tuo letto. «Dorme?» gli chiedevo. «Hai chiuso la cassapanca? Non vorrei che durante la notte...» ma lui annuiva con un sorriso perché tutto era sotto il suo controllo.

Ti voglio molto bene Luce, ma sono sicura che tra me e tuo padre tu sceglieresti lui.

Alle otto e trentanove minuti ero perfettamente vestita e un minuto in anticipo. Ho chiuso la porta con cura e sceso le scale frugando nella borsa alla ricerca delle chiavi della macchina. Non le trovavo, così mi sono seduta su un gradino per guardare con calma. Mi stupiva trovarle sempre nello stesso posto. Al mio disordine sapevo far fronte, era l'ordine che mi smarriva.

ANNI PRIMA…

Conobbi Carlo a scuola. Io sembravo una ventenne ripetente ma di anni ne avevo solo sedici, lui un diciottenne pieno di sogni e altruismo. Eravamo come le due facce della luna, un sinonimo e il suo contrario, l'acqua e il fuoco.

Forse era per quello che ci piacevamo tanto? Perché eravamo così improbabili che nessuno avrebbe mai puntato su di noi. Anzi nessuno avrebbe mai puntato su di me.

Io ero quello che il bookmaker avrebbe indicato con il colore rosso, il cavallo con la quota relativa più alta, quello che nessuno considera vincente.

Ma la nostra storia scivolò tra i giorni. Si fece strada in mezzo alla folla, come un rumore assordante prima del silenzio, come un brivido lungo la pelle, il sesto senso, o l'inverno in montagna.

Non fu semplice. Mentre i miei genitori non credevano ai loro occhi, i suoi avrebbero preferito che fosse solo un brutto sogno. Io avevo poche idee disordinate, lui era incantevole.

Carlo era il presidente del consiglio studentesco, organizzava riunioni a cui partecipava insieme ai professori. Era lo studente più popolare della scuola. Giocava a tennis e faceva parte della squadra di atletica. Usciva con una ragazza di nome Elisabetta, più simile a lui di quanto non fossi io. Nadiria non perdeva occasione per ricordarglielo.

Una volta al mese il presidente del comitato studentesco convocava in palestra tutti gli studenti del triennio del liceo per definire le mozioni da presentare all'assemblea dei rappresentanti.

L'ordine del giorno prevedeva tra le varie voci la preparazione dell'open day, un'intera giornata dedicata all'accoglienza dei genitori in visita al liceo.

Appena Carlo smise di illustrare il progetto davanti a una folla di adolescenti stranamente silenziosi, io mi alzai, scavalcai un paio di compagni di classe e mi diressi verso l'uscita.

Carlo mi seguì con lo sguardo. «Non sei d'accordo con quello che ho detto?» Tutti si girarono a fissarmi ma io non mi fermai.

«Ehi, parlo con te, biondina con la camicia blu, guarda che siamo in democrazia, puoi esprimere la tua opinione invece di andartene.»

Mi bloccai come se mi avessero presa al laccio, avevo tutti gli occhi addosso. Per un istante pensai alla teoria della «curva dell'attenzione». La nostra mente non è capace di rimanere concentrata sullo stesso argomento a lungo, a meno che non subentri un nuovo stimolo ambientale a riattivare il processo di apprendimento.

Mi voltai di colpo: «Dici a me?».

«Sì, proprio a te. Perché te ne stai andando? Se vuoi essere così gentile da restare potremmo discuterne insieme.»

«Alle undici c'è il funerale di mia nonna,» abbassai gli occhi «era sulla carrozzina elettrica ed è stata investita da un furgone» feci una piccola pausa. «Quel bastardo l'ha trascinata per cento metri e non si è neanche fermato a soccorrerla.» Lo sguardo di Carlo si stava addolcendo lentamente. «Era così malridotta che non me l'hanno nemmeno fatta salutare. Ora se non ti dispiace andrei.» Mi voltai con le guance in fiamme e scappai cercando di raggiungere l'uscita prima che la mia commedia fosse scoperta.

Carlo si grattò imbarazzato la fronte e mormorò con una voce desolata: «Mi dispiace. Be', possiamo continuare», cercando di riafferrare il controllo.

Mi chiusi la porta alle spalle e scoppiai a ridere.

Alzai gli occhi al cielo e pensai che da lassù anche mia nonna doveva divertirsi parecchio.

Il giorno dopo Carlo mi aspettava fuori dall'aula. «Volevo scusarmi con te e farti le condoglianze per la perdita di tua nonna.» Mi guardò negli occhi e io mi misi a sorridere scrollando la testa.

«Ci hai creduto?»

«Non era vero?»

«No, mia nonna è morta cinque anni fa. Se n'è andata nel sonno. La chiamano la dolce morte.»

«Perché mi hai fatto fare la figura del cretino davanti al consiglio studentesco?»

«Be' tu l'hai fatta fare a me. Vedi, mia nonna prima di morire mi ha insegnato a giocare in attacco.» Lo guardai dritto in faccia per qualche secondo. Una ruga gli si formò al centro della fronte, e il suo viso assunse un'espressione tra l'incredulo e il dubbioso. Io mi allontanai come un'attrice conquista le quinte appena finiscono gli applausi.

Mesi dopo mi confidò di essere rimasto impalato a seguirmi con lo sguardo finché non mi ero confusa tra la gente.

Lo rincontrai al bar davanti alla scuola due giorni dopo. Lo riconobbi da lontano ma gli passai accanto senza guardarlo, mentre sorridevo alla mia amica Angela a cui avevo già raccontato tutto.

La vidi sgranare gli occhi e avvicinandosi mi sussurrò: «Pericolo ore sei». Riuscì a malapena ad avvertirmi ma Carlo mi aveva già toccato una spalla. «Ciao. Mi stavo chiedendo se ti andava un cinema sabato pomeriggio.» Trattenni a stento l'imbarazzo e arrossii.

«Tu sei fidanzato. Perché vuoi uscire con me?» lo fissai negli occhi come se volessi graffiarlo.

«Io non sono fidanzato. Per chi mi hai preso? Sono una persona seria, io.» Fece un smorfia con la bocca che mi piacque molto.

«Mi dispiace ma sabato non posso.»

«Qualcosa mi dice che questa è un'altra bugia. Il tuo sguardo e quel sorriso accentuato sul lato sinistro indicano che stai mentendo. Capitolo uno del manuale *Comunicare senza parlare: il corpo è un Gran Chiacchierone.* Basta fare un po' di attenzione e grazie ai movimenti del corpo si può capire se il nostro interlocutore è sincero o meno. Se ci ripensi questo è il mio numero» mi infilò tra le dita un pezzo di carta e si allontanò come se fosse diventato più grande.

«Perché vuole uscire con me?»

Angela si soffiò tra le mani per riscaldarle e una nuvola bianca uscì dalle sue labbra. «Perché gli piaci? Elementare Watson!» disse schioccando le dita.

«Ma io non ho nulla che possa piacergli.»

«Smettila cretina! Non è mica pazzo, può uscire con chi vuole e ha semplicemente scelto te.» Poi mi fissò con quel suo sguardo «fruga anima» e aggiunse: «Quello che mi è meno chiaro è perché mai tu opponi resistenza? È il più fico della scuola». Poi salendo le scale aggiunse: «Io non ci penserei due volte» e si incamminò verso il bagno alzando al cielo due dita a formare una v.

Al cinema non ci arrivammo mai. Gli telefonai il venerdì sera: «Mi sono liberata» come se lo dicessi a un vecchio amico. Era una sensazione nuova per me. Mi sembrava di conoscerlo da sempre.

Lui mi rispose come se non fosse stupito di sentirmi e mi dette appuntamento un'ora prima dell'inizio del film, «così facciamo due chiacchiere».

Fu così. Rimanemmo seduti davanti a una coppa di gelato fino alle sette di sera. Parlammo di lui, di me, di sogni, della sottile linea tra ciò che vuoi e quello che speri di ottenere, delle peggiori figure della nostra vita, di quando avremmo voluto essere altrove, dei nostri genitori e delle debolezze che nascondono, di come saremmo stati alla loro età, della voglia di viaggiare e di come il cioccolato fosse stata la migliore scoperta di tutti i tempi.

Alle sei e quarantacinque minuti di quel sabato sapevo che odiava le melanzane e il calcio, amava i film d'azione, i romanzi di Scott Turow e che avrebbe voluto iscriversi a Ingegneria. Passava più tempo con la madre ma tutti dicevano che era la copia esatta del padre ed era gelosissimo di sua sorella.

Lo guardavo gesticolare, poi fermarsi alla ricerca delle parole esatte da utilizzare perché il suo racconto fosse perfetto, sorridere e prendersi in giro. Era delicato ed elegante.

«Vediamo... cosa non ti ho ancora detto di me?» alzò lo sguardo con aria pensosa. «Ah sì! Sono allergico all'aspirina! Un giorno mia madre per farmi abbassare la febbre mi ha spedito dritto all'ospedale» e allungando lo sguardo fuori dalla vetrata del bar aggiunse: «Non se l'è mai perdonato e ancora adesso se glielo ricordo scoppia a piangere. Mi sembra ancora di sentirla urlare come una pazza "sono una madre snaturata" per il corridoio dell'ospedale. Si era presa un bello spavento, e da quel giorno è diventata un tantino apprensiva con me...».

Sorrise e continuò: «A volte ci si accorge delle cose che ti fanno male solo quando è troppo tardi».

«Come il fumo, l'ansia o il morso di una vipera?»

«Una malattia non diagnosticata, la distrazione, un'ossessione o la persona sbagliata.»

Ecco il perché. Parlavamo la stessa lingua.

Quella sera rientrai a casa con la sensazione che qualcosa sarebbe cambiato.

Smisi di essere solo «la ragazza dell'assemblea» e io e Carlo iniziammo a diventare inseparabili.

Qualche giorno dopo mi chiese di accompagnarlo a un incontro sui diritti dei popoli. Era una conferenza promossa dall'Unesco.

«Sono volontario in una organizzazione non governativa.» Lo guardai come se mi avesse confessato di avere poteri soprannaturali.

«Hanno accusato l'Unesco di approfittare della sua posizione per svolgere un ruolo soprattutto politico, mi piacerebbe capirne di più.» Fu come ammirare un bengala sparato nel cielo.

Iniziò a spiegarmi l'importanza di quell'incontro, il concetto di democrazia a metà e il diritto di ogni popolo di averne una. Si perse nel senso dei diritti fondamentali, cioè innati, e quindi inviolabili e inalienabili come i diritti degli individui.

Lo guardai perché non sapevo fare altro. Mi chiesi se capiva quanto mi trovassi lontana da lì. Carlo mi afferrò una mano e mi disse: «Se vuoi dopo possiamo seguire una conferenza su come la qualità degli spazi pubblici della città influenzi la vita dei suoi abitanti».

Io sgranai gli occhi e lui si mise a ridere. «Stai tranquilla, sto scherzando, le cose impegnative sono finite.» Poi si voltò verso di me e fissandomi dritto in faccia aggiunse: «Tranne una, io e te».

Fu così che mi portò dove io da sola non sarei mai arrivata.

La conferenza durò circa due ore. Io rimasi immobile per tutto il tempo mentre Carlo si mordeva le labbra pensieroso, giocherellava con una penna, fissava i relatori, memorizzava dati, espressioni, promesse.

La mia mente si staccò da lì.

Lo guardavo appoggiarsi allo schienale, accavallare le gambe, passarsi la mano tra i capelli. Lo guardavo perché mi incuriosiva, perché non assomigliava a nessun altro, per intuirlo, capirlo, afferrarlo, conoscerlo, percepirlo.

Non riuscivo a chiedergli nulla che riguardasse lui perché non sapevo come formulare le domande, così mi rifugiavo negli spazi nascosti tra noi, quei rari momenti in cui la sua attenzione non era rivolta a me, allontanando per un po' la fastidiosa sensazione di essere sempre nel posto sbagliato.

Carlo era come un fascio di luce che, attraversando un prisma, si scompone nei colori dell'arcobaleno, era uno sguardo sereno, una mano tesa, il profumo di caffè la domenica mattina, un sorriso avvolgente.

«Perché hai deciso di iscriverti a Ingegneria?» Avevo bisogno di ritornare su un terreno conosciuto, volevo che tutto sembrasse meno straordinario.

«Mi piace la matematica,» sorrise «una risposta troppo banale?»

Nulla in lui poteva assomigliare alla banalità e me lo dimostrò subito.

«La matematica è elegante» continuò «e io non so resistere alle cose eleganti, è più forte di me.»

«Davvero?»

«Me lo ripeteva sempre mio nonno. Insegnava Storia della scienza all'università. Era un'enciclopedia vivente. Da bambino mi faceva sedere sulle sue ginocchia e mi raccontava un sacco di storie affascinanti. La mia preferita era quella di Évariste Galois, un matematico dell'Ottocento morto in duello per difendere l'onore della donna che amava. Pochi giorni prima della sua morte aveva scoperto che erano sufficienti banali calcoli matematici per capire se un'equazione fosse risolvibile o meno. Una scoperta geniale che non riuscì a godersi perché quando morì aveva appena vent'anni. Ci pensi? Sarebbe bello se un teorema matematico portasse il mio nome, no?»

«Non se devi morire a vent'anni.»

«Hai ragione, rinuncio a cambiare la storia della matematica e mi dedico a te.» Mi strinse le sue braccia intorno ai fianchi e mi baciò.

Fu il nostro primo bacio.

Ogni primo bacio nasconde il suo significato, Luce. Per quanto piccolo e inesperto sia, sarà sempre indelebile nel tuo cuore. Sarà con qualcuno che non puoi più levarti dalla testa e quando cercherà le tue labbra l'emozione sarà così forte da toglierti il fiato.

Non si imbroglia con il primo bacio, Luce, perché quando trovi la persona giusta il primo bacio è tutto.

Fu così che riuscì a sciogliere ogni tensione del mio corpo, e stretta tra le sue braccia lasciai che il mio peso si abbandonasse completamente a lui.

Arrivati sotto il portone di casa mi chiese: «Vuoi che salga a presentarmi ai tuoi?» ed era serio.

Io scoppiai a ridere ma il suo sguardo misurato e consapevole mi bloccò.

«Mio padre fa la guardia giurata e gira armato, magari un'altra volta» e scivolai dentro come un liquido attraverso una fessura.

Poche ore dopo eravamo già al telefono.

Quando una cosa inizia di solito non sai come andrà a finire, studi la lezione e non verrai interrogata, rimani imbottigliata in un ingorgo dopo aver ampiamente ragionato su quale fosse la strada meno trafficata, t'innamori dell'unica persona che non possiede alcun requisito che ti completi.

Il futuro lo puoi pianificare, prevedere, anticipare, ma quando arriva ti prende sempre alla sprovvista.

È per questo che ti preoccupa.

Facemmo l'amore quattro mesi dopo il nostro primo bacio. Quella sera mi aveva invitata a cena. Ottenere il permesso dei miei genitori non era stato facile, quindi quella sera Carlo si presentò alla porta, bello ed elegante come non lo avevo mai visto, e allungò deciso la mano a mio padre. «Buonasera, io sono Carlo.»

Fu così che entrò ufficialmente nella mia vita.

Da quel momento con i miei divenne tutto più semplice, ogni cosa legata al nome di Carlo mi veniva concessa senza le interminabili discussioni di un tempo, le grida di mia madre e i perentori no di mio padre.

Carlo era la bacchetta magica, la combinazione giusta.

Aveva prenotato un tavolo sulla spiaggia. Il mare era calmo e la luna quasi piena.

«È bellissimo» gli dissi ed era vero.

«Anche tu» e spostò la mia sedia per farmi accomodare.

E in un attimo fu come essere già grandi. Ed era proprio come lo avevano descritto.

Ci sdraiammo sulla spiaggia, Carlo indicò il cielo. «Vedi quel gruppo di stelle? Sono le Pleiadi, sembrano cinque ma se fosse più buio ne vedremmo anche dodici. Da qualche parte ho letto che gli indiani le utilizzavano per misurarsi la vista.»

Mi raccontò che suo nonno sapeva riconoscere e nominare tutte le ottantotto costellazioni in cui si suddivide il cielo e deciso mi indicò il piccolo gruppo di stelle luminose che formava il mio segno zodiacale.

Quando era piccolo, il nonno, insieme al padre, lo portava spesso all'osservatorio astronomico per ammirare lo spazio. Lì aveva imparato a riconoscere la costellazione di Andromeda.

Si girò su di un fianco e con le dita disegnò sulla sabbia la costellazione dei Pesci, la meno luminosa, e Orione, la più grande.

Il vento mi soffiava sulla pelle, la sabbia era gelida ma tra le sue braccia non sentivo freddo.

Si sollevò e accostò il mio viso al suo. «Le Pleiadi, Cassiopea, ma nemmeno una supergigante rossa sarà mai affascinante quanto te…»

Era questo tuo padre, Luce, anche se viaggiava lontano milioni di chilometri sapeva sempre tornare sulla terra al momento giusto.

Mi avvicinai alle sue labbra come se fossi stregata e lo baciai perché era impossibile non farlo. Per tutto quello che vedevo in lui, così giovane e così perfetto, per tutto quello che riusciva a ricordarsi, per la passione con cui occupava la scena, per la sua parte buona, per la sua fragile bellezza e per la delicatezza che non nascondeva mai.

Il mio battito accelerava. Le sue dita scivolarono sul mio braccio e poi, leggere, su pancia e fianchi. Io chiusi gli occhi e lasciai che le stelle e il mare ci danzassero intorno.

Poi di colpo il silenzio, e il mondo iniziò ad avere un senso, lì tra i nostri corpi uniti, le nostre dita intrecciate, i nostri respiri affannosi. E l'emozione mi fece lacrimare gli occhi come se stessi fissando il sole.

IL GIORNO PRIMA, ore 9.00

È stato il sorriso di Angela a darmi il buongiorno quella mattina. Era entrata in negozio pochi minuti prima di me, aveva tolto l'allarme, alzato le saracinesche, sbloccato la cassa e preso nota dei messaggi in segreteria. Tutte cose che io consideravo noiose.

Aveva la posta in mano. «Ho chiesto a Teo di portarci due caffè e due spremute, ho bisogno di carburare, notte difficile...»

Angela era così, la sua giornata iniziava sempre prima della mia.

Mi aiutava ad affrontare la mia parte difficile, il mio lato oscuro. Eravamo completamente diverse, ma insieme davamo vita a un ingranaggio perfetto, dinamico e divertente.

Eravamo cresciute insieme. Dalla prima elementare in poi, oltre ai miei genitori, Angela era stata una presenza costante.

Era il 12 settembre 1977. La mamma e io percorremmo il corridoio della scuola elementare Vittorio Alfieri alla ricerca della prima B. Fummo le ultime a entrare in classe e la mamma, trascinandomi tra gli altri bambini, attraversò l'aula in direzione di quello che sarebbe stato il mio, anzi il nostro, banco per cinque anni.

Angela mi piacque subito perché non piangeva ed era sola. Suo padre l'aveva lasciata sulla soglia dicendole: «Ora va' e fatti onore». Era un ufficiale della marina, poche smancerie e tanta disciplina. Così lei, con la cartella sulle spalle, aveva risposto: «Sì, signore» e sospirando era partita alla conquista del terzo banco a sinistra, quello più vicino alla finestra, perché il mondo esterno apparisse un po' più a portata di mano.

«Come ti chiami?»

«Viola.»

«Come il fiore! Bello! Io mi chiamo Angela come le brave bambine» e scoppiò a ridere, fermando per un secondo il tempo e finendo per contagiarmi.

La sua risata mi attraversò la pelle e iniziai a ridere anch'io.

Angela aveva boccoli rossi, gli occhi verdi, le lentiggini a ricordare le stelle e un sorriso che da sempre è stato il migliore dei rifugi. Amava disegnare e lo faceva ovunque. Imparai a conoscerla. Ogni cosa per lei si trasformava in una tavolozza, il nostro banco, le ricette del dottore, gli scontrini del supermercato, la carta del pane e il mio diario. Angela comunicava attraverso i colori, ogni suo umore aveva una tinta precisa. Per me era chiarissimo, anche se a volte avevo il sospetto di essere davvero l'unica a capirla.

Così, mentre lei affrescava tutti i miei libri, io le appoggiavo piccoli oggetti nell'unico luogo al mondo in cui la gravità non esisteva, i suoi capelli, cercando di capire quale legge fisica impedisse a una penna di attraversare i suoi boccoli.

Angela poi scuoteva improvvisamente la testa, e graffette, gomme e pennarelli cascavano a terra.

Mi faceva ridere fino alle lacrime.

Dividevamo la merenda e i compiti, e ci aspettavamo all'ingresso della scuola perché fare i gradini due alla volta ci avrebbe portato fortuna.

Un giorno ci fecero uscire un'ora prima del previsto perché tutta la città era in allerta per le condizioni meteo.

Aveva nevicato l'intera mattina e oltrepassare la soglia del portone fu come tuffarsi in una torta di panna montata. Gli scalini e il vialetto erano completamente imbiancati.

Angela alzò le braccia al cielo. «Guarda, Viola, è bellissimo» gridò mentre cercava di fare entrare in bocca qualche fiocco di neve. Io mi fermai e appoggiai una mano alla ringhiera allungando l'altra verso di lei senza però riuscire ad afferrarla. Rimasi un attimo a guardarla. Angela iniziò a girare su se stessa. Le braccia spalancate e lo sguardo al cielo. «Viola, prova anche tu, è incredibile! Gira tutto! Nevica!»

Guardai i suoi piedi alternarsi in piccoli passi e incrociarsi, la vidi sbandare e cadere a terra.

Gridai e le corsi accanto. Aveva gli occhi chiusi e una smorfia sulle labbra come quella che hai quando mastichi il limone. Non sapevo cosa fare, mi tolsi la giacca e mi sdraiai accanto a lei con i piedi sulle scale e la testa nella neve: «Sono qui anch'io, Angela. Fa tanto male?». Lei non rispose. Io la coprii con il mio piumino. Aspettai lì immobile stringendole la mano.

Ci recuperarono poco dopo, e dal pronto soccorso Angela uscì con il braccio ingessato e io con un bel raffreddore.

Il giorno in cui le fu tolto il gesso, suo padre ci regalò due leccalecca giganti, di quelli con le strisce colorate concentriche che dopo un po' fanno venire la lingua rosa e il mal di testa.

Persino la scelta delle scuole successive fu automatica, dove andava Viola sarebbe andata Angela.

Non fu difficile. La madre di Angela era morta quando lei era troppo piccola per ricordarsene e suo padre, sperando che nessuno ci facesse caso, si affidava docilmente alle scelte dei miei genitori.

A mia mamma Angela piaceva, come a tutti del resto. Niente capricci per mangiare, era ordinata, rispondeva sempre: «Sì, signora!», aveva una risata così croccante da contagiare tutti e spesso le regalava dei bellissimi ritratti in bianco e nero capaci di commuoverla.

Siamo cresciute così, tra i suoi disegni e il pane e burro per merenda.

La passione per l'arte era la sua, io invece avevo fiuto. Brava lei a riconoscere il talento, puntuale io nel trasformarlo in un affare. Avevamo iniziato quasi per gioco, vent'anni prima, e di fatto era rimasto un gioco, con regole più precise ma pur sempre un gioco.

Eravamo diventate grandi e certe cose non erano più possibili, niente più canne e alcol, niente più sesso occasionale nel retro del negozio. Ora eravamo due adulte, io ero persino madre, anche se senza Carlo non sarei mai potuta sembrare una mamma normale.

Spesso guardavo Angela e mi chiedevo se lei fosse riuscita davvero a dimenticare, a volte ero stata tentata di chiederglielo. «Senti Angela, tu ci pensi mai a come sarebbe stato se quel giorno avessi parlato con Massimo?» Immaginavo l'espressione del suo volto, nessuna mi avrebbe ingannato, anche se mi avesse mentito. Poi non chiedevo nulla perché la risposta già la sapevo e premere su una cicatrice fa male anche se non lo ammette nessuno.

Massimo era entrato nella mia vita e ci era rimasto il tempo necessario per occuparne uno spazio indifeso, uno spazio che prima non esisteva. Sì, lui se l'era creato da solo, come fanno i cuccioli quando cercano protezione, come un liquido senza contenitore, le radici di una pianta. Lui era così, senza un perché. Aveva due occhi, un naso, una bocca, due gambe, due braccia, una pancia come tutti gli altri, ma tutti gli altri sarebbero potuti sparire senza che io concedessi loro un solo sguardo.

Poi io sposai Carlo, perché il buio alla fine fece paura anche a me e di Massimo non si parlò mai più.

«Se questa galleria potesse parlare...» pensai ad alta voce.

«Cosa direbbe? Che siamo pazze o solo molto fortunate?» rispose lei scuotendo la bustina di zucchero.

«Se questa galleria potesse parlare direbbe cose alle quali in pochi potrebbero credere...»

«Siamo sopravvissute a un incendio, a due furti e a un mare d'incomprensioni, ma hai ragione, se potesse parlare racconterebbe anche tutto il resto.» Si mise a ridere e aggiunse: «Hai un appuntamento più tardi». Si alzò e disse maliziosamente: «Architetto sui quarantacinque, proprio il tuo tipo».

Sorrisi, come avrei fatto molti anni prima.

Era così che andava, se c'era un cliente carino – e gli artisti spesso lo sono – io saltavo come una gatta selvatica. Dopo Luce e Carlo le cose erano diverse, ma non sempre. La trasgressione e la capacità di fare finta di nulla le avevo assorbite come un medicinale.

Entrò dalla porta così, una freccia indirizzata dalla fortuna. Rimase immobile senza dire una parola. Angela e io lo guardammo, sembrava un miraggio. È possibile essere così belli? Evidentemente sì. Guardarlo fu come bere un sorso di acqua fresca.

Mi chiesi se quest'uomo, in un'altra vita e in un altro mondo, l'avrei mai potuto amare. Amare come si ama a sedici anni, quando per sempre è davvero per sempre, quando ci credi nonostante tutto e nonostante tutti, quando tutto, anche la cosa più squallida, trova il suo posto.

Quell'uomo era arrivato in galleria, avevamo parlato di lavoro, della sua arte, delle sue opere e delle percentuali di commissione. Poi di musica, di viaggi, della vita che ci vola sopra, dei sogni e degli ideali.

Io recitavo la mia parte, recitavo i panni che vestivo.

Non vi ho mai nominati, Luce e Carlo, come se voi nemmeno esisteste, come se foste solo un sogno irrealizzato, due nomi inventati, quando da bambina giochi con le bambole.

Ma voi ci siete, siete fatti di carne e ossa e siete legati come le stringhe delle scarpe, mi girate intorno, voi vi capite al volo e parlate la vostra lingua di cui io capisco solo i rudimenti, mai le sfumature. Voi avete i vostri luoghi e i vostri riti: l'acqua e zucchero bevuta sul bordo del letto prima di addormentarvi; la gara a chi sputa per primo l'acqua sullo spazzolino dell'altro mentre vi lavate i denti; le corse di Luce verso Carlo, il suo piccolo piede sul ginocchio, il salto vicino al soffitto sospesa sulle braccia del padre e poi l'atterraggio morbido e sicuro, il bacio sulla testa e le risate. Luce e Carlo sono un nome solo nei discorsi dei parenti.

Vi punisco così. Io vi tradisco. Lo faccio nel modo più freddo, bieco e banale, per essere scoperta. Lo faccio così, a occhi chiusi, come se fossi cieca, come se non fosse colpa mia. Lo faccio perché se io non entro in voi, vorrei almeno che voi non capiste me.

Quando uscì dal mio ufficio sapevo che non sarebbe finita lì, che l'avrei rivisto presto e non solo per lavoro. Ci sono cose che si capiscono subito, come inizia una relazione e come andrà a finire; i bravi, quelli veri, sanno dirti anche quando esattamente finirà. L'abbiamo dentro di noi, la sorpresa è solo un alibi.

«Ceniamo insieme?» Due parole scritte sul telefono e ci sei dentro, avvolta nella resina.

Prima scrissi un banale «Sì», poi mi precipitai nella mia seconda vita, una scusa pronta per passare fuori la serata, una cena di lavoro – e in parte lo era davvero – e i sensi di colpa si lavarono via.

Non era la prima volta, quindi sapevo esattamente cosa fare, come in un rituale. Il segreto era ripetere sempre le stesse cose, una regolarità che rendeva le azioni prevedibili e garantiva la corrispondenza tra aspettative e comportamenti, rendendomi possibile il controllo della situazione. Ero diventata piuttosto brava.

Un giorno sfogliai una rivista, una di quelle rivolte a un target femminile dinamico e grintoso, disinibito e intraprendente, con una grafica e contenuti «provocatori». L'inchiesta centrale parlava del tradimento. Scoprii che secondo Frank Pittman, psichiatra esperto di relazioni affettive, esistevano quattro tipi di infedeltà: l'infedeltà involontaria dovuta alla propria negligenza; il tradimento romantico che ti vede incontrare qualcuno di meraviglioso, mentre stai vivendo una grande crisi; il tradimento che ti conforta mentre tu stai vivendo un matrimonio che non vuole finire e non vuole rinascere; il tradimento del «donnaiolo» per il puro piacere della conquista.

Mi chiesi a quale categoria appartenessi, ma ciondolai nel dubbio e continuai a leggere perché la seconda parte elencava le regole per diventare un buon traditore.

Esiste una parte della società che considera tradire una cosa buona? Forse le cose diventano «giuste» nel momento in cui trovano consenso nella popolazione. Così su un giornale leggermente anticonformista si potevano imparare le regole d'oro dell'infedeltà.

Pensai alle mie. E le confrontai come in un gioco. Questa ce l'ho. Questa no.

1. Non cambiare le proprie abitudini e i propri orari. Non avere sbalzi d'umore. Tutto ciò suscita sospetti e richiede spiegazioni difficili.

2. Preferire il tradimento occasionale e con persone sconosciute per evitare di dare numeri di telefono ed essere rintracciati o ricattati.

3. Non utilizzare la carta di credito. L'arrivo dell'estratto conto può rivelare tracce di scappatelle.

4. Tenere chiunque all'oscuro del tradimento resistendo alla tentazione di vantarsi con gli amici.

5. Avere sempre in mente argomenti per depistare eventuali dubbi.

6. Far credere al partner che ascolta la telefonata che dall'altra parte ci sia qualcuno che vi parla di lavoro.

7. Simulare una conversazione di lavoro e chiudere la telefonata dicendo che la linea era disturbata.

Ecco qui una cosa che per le donne è più facile. Noi non lasciamo tracce, non paghiamo i conti, non abbiamo ricevute o scontrini.

Sapevo bene che il prezzo non aveva a che fare solo con i soldi.

«E chi ama veramente, quanto più alla triste fiamma si consuma nell'ardore, ama con maggior passione. Tanto dolce è questa pena, fa sì bene questo male, che gentil cuore non cede poi che in esso vita acquista. Su di questo non v'è dubbio, questa pena ben conosco: nobil cuore innamorato ama storie pur d'amore. Chi ama le storie d'amore non si diparta di qui: che io vi voglio raccontare di nobili amanti infelici che all'amore diedero fama: di un amante e d'una amante, un uomo una donna, una donna un uomo...»

Tristano e Isotta

IL GIORNO PRIMA, ore 18.30

Ho incontrato Luce davanti al portone. Aveva ancora la coda di cavallo, suo padre ne avrebbe gioito.

L'ho guardata mentre cercava le chiavi di casa dentro la sua borsa di vernice rossa, ma precedendola ho infilato le mie nella serratura. Il portone si è aperto e lei mi ha sorriso. Il sorriso di un adulto, spontaneo ma controllato.

«Buongiorno signora Gina!» Il saluto di Luce ha riempito l'atrio.

«Ciao Luce.» La voce della portinaia arrivava da lontano.

Mi sono chiesta chi le avesse insegnato a salutare così, anche quando sembrava non esserci nessuno. Suo padre. E come avrebbe fatto lui si è avvicinata alla cassetta delle lettere sbirciandoci dentro.

«Mamma, papà sarà in casa?» mi ha chiesto chiamando l'ascensore.

«Non lo so, hai visto la macchina?»

«Non ci ho fatto caso, ma me l'aveva promesso, devo finire la tesina di storia, mi serve proprio lui.»

Non risposi. Non c'era bisogno di sapere perché tu avessi bisogno di lui, quello che era certo è che non ti venivo mai in mente io.

Tuo padre è laureato in Ingegneria e la storia neanche gli piace, ma a te non l'ha mai detto. Ecco cosa fa un uomo quando s'innamora, afferra una bacchetta magica e ti risolve i problemi.

Appena varcata la soglia di casa, Luce si è riappropriata delle sue sembianze, la giovane donna aggraziata che avevo incontrato sul marciapiede si è tolta scarpe e maglietta, ha aperto il frigo afferrando una lattina di Coca Cola e tendendola verso di me.

«Vuoi?»

«No, grazie, tesoro.»

«Stasera esco con i miei compagni, mangiamo una pizza e dopo si va a ballare.» Poi una pausa mentre il suo telefono ha squillato e prima che potessi ribattere ha aggiunto: «Papà mi ha dato il permesso» dissolvendosi come un leopardo nella savana.

Se tuo padre ti ha dato il permesso a me cosa lo chiedi a fare? Poi cosa potrei dirti io che alla tua età avevo già perso la verginità nel retrobottega di un bar e fumavo così tanti spinelli che a volte non riuscivo nemmeno a riconoscermi allo specchio? Sì, forse è meglio che i permessi tu li chieda a tuo padre. Lui che si è laureato servendo tavoli, che dà del tu al nostro parroco, che trascorre i giovedì sera ad aiutare i senzatetto in un ricovero.

Credo che la parte bella di te, Luce, tu la debba a lui.

Carlo è entrato in casa poco dopo tenendo in mano un sacchetto pieno di libri.

«Sono passato in biblioteca, ci ho messo di più a fare la tessera che a trovare i libri. Hai davanti a te un giovane studente, come tanti anni fa, te lo ricordi?»

No, non me lo ricordo, Carlo, perché per me la biblioteca non è mai stata un luogo ma solo una scusa.

Non gli ho risposto.

«Ti aspetta per finire la tesina, forse dovrebbe imparare a sbrigarsela da sola, no?»

«Dài, ha tutta la vita per fare da sola.»

«Sì, ma prima comincia e meglio…» fui interrotta dal filo magico che la voce di Luce creava tra lei e suo padre. Lui si è slegato da me e sorridendo ha detto: «Arrivo, lasciami lavare le mani».

Luce ha preso il sacchetto e nel giro di qualche istante la sua stanza li ha risucchiati entrambi.

Se il mio amante me lo fossi portata direttamente in casa credo che nessuno se ne sarebbe mai accorto, tranne la signora Gina ovviamente.

Mi sono avvicinata alla stanza di Luce, sono rimasta qualche secondo con la mano appoggiata alla maniglia, poi ho preso fiato e l'ho abbassata. Luce e Carlo erano seduti vicini alla scrivania, lei scriveva ciò che lui le dettava lentamente. «Nel 1914 sembrava che niente, ormai, potesse evitare la guerra.» Carlo mi ha fatto cenno di aspettare e ha continuato: «Grazie anche allo sviluppo industriale erano state costruite e accumulate ingenti quantità di armi micidiali».

Ha voltato la testa verso di me e finalmente mi è stato concesso di parlare: «Esco a cena per lavoro, ti ho lasciato l'arrosto in frigo, lo devi solo riscaldare e…». Prima che io finissi la frase, Carlo ha ripreso a dettare: «Il 28 giugno 1914, a Sarajevo, capitale della Bosnia, fu ucciso» chiusi la porta alle mie spalle e la sua voce divenne sempre più sottile «in un attentato il granduca Francesco Ferdinando, erede al trono d'Austria».

Ogni tipo di guerra inizia dalla morte di qualcuno.

Comunicare è la prima cosa che impariamo a fare. E in qualche modo, con il passare del tempo, la facciamo sempre meglio. Ma per uno strano motivo, crescendo iniziano le difficoltà. A volte ti mancano solo le parole o hai un vuoto di memoria. Altre volte l'imbarazzo ti blocca perché la situazione è troppo difficile. Più ampliamo il nostro vocabolario più diventa complicato farne un uso adeguato.

Ci sono cose di cui non possiamo non parlare e altre che nemmeno vogliamo sentire nominare. Alcune le teniamo dentro come segreti, altre le sputiamo come sentenze. La cosa certa è che alcune cose parlano da sole.

Ho sfilato le autoreggenti dal cassetto, mentre voi vi stavate chiedendo come mai il mondo cambiò all'inizio del secolo scorso, ho infilato una gonna abbastanza lunga da sembrare una signora per bene, mentre il fascismo s'impadroniva del nostro paese, ho allacciato la cintura al penultimo buco, mentre Luce ti chiedeva com'è stato possibile dare tanta fiducia a un uomo solo, il mio profumo sulla piega del collo e ai lati del viso mentre il più perverso piano criminale sostituiva la legge e macchiava di sangue l'Europa, il rossetto spalmato sulle labbra, la camicia bianca trasparente e voi ancora chiusi dove quel mondo non esiste più e di lui si può solo leggere sui libri.

Mi sono avvicinata alla porta perché volevo salutarvi, mi sembrava giusto farlo, ma le vostre risate complici erano più spesse di un muro da scavalcare. Ho attraversato il corridoio camminando all'indietro per qualche metro, barcollando sui tacchi in modo pericoloso, poi come se fossi stata inseguita dal fuoco mi sono precipitata fuori casa chiudendomi la porta dietro la schiena. Ho aspettato immobile sul pianerottolo che qualcosa dentro di me scattasse, che mi facesse scendere le scale, salire in macchina per raggiungere uno sconosciuto mentre mio marito e mia figlia terminavano una tesina di storia.

Scusami Luce, so che è sbagliato, so che dovrebbe essere diverso.

Ho sceso le scale, attraversato lo spazio che le separava dal portone e salutato con un sorriso un paio di vicini imbambolati davanti all'ascensore.

Seduta in macchina ho aspettato qualche secondo prima di mettere in moto. Ferma con le chiavi sulle gambe, ho cercato veloce la finestra della camera di Luce, la terza da destra al quinto piano, chiedendomi se si fossero nascosti dietro la tenda per spiarmi, ma in realtà sapevo che non si erano nemmeno accorti della mia assenza.

A essere più dolorose sono davvero le nuove ferite, quelle ancora pulsanti, dove il sangue sembra non fermarsi e il bruciore ti fa mordere le labbra, o quelle vecchie, magari rimarginate da anni, con la loro cicatrice dura che ti trovi a torturare quando sei sovrappensiero? Mi sono chiesta se le nostre vecchie ferite debbano insegnarci qualcosa, qualcosa che abbiamo superato, una lezione su quello che dobbiamo evitare in futuro.

Il ristorante era appena fuori città, abbastanza da sperare di non incontrare nessuno di conosciuto, non troppo da sembrare due amanti clandestini.

Lui era già arrivato, mi sono domandata se avesse voglia di vedermi o semplicemente nulla di importante che lo trattenesse a casa. Mentre il cameriere mi faceva strada verso il tavolo io ho iniziato a sorridere nascosta dietro la sua schiena. Appena seduta mi sono accorta di essere emozionata, mia figlia le avrebbe chiamate le farfalle nello stomaco, eppure io quell'uomo nemmeno lo conoscevo, era solo la situazione a eccitarmi.

Ho la nebbia nella testa. È colpa del suo profumo. La sua mano afferra la mia e dopo quel gesto tutto sembrerà solo un precedente.

Mi trascina a sé. Aderisco al suo corpo come una guaina. Sento le mani grandi scivolare lungo la curva sagomata della mia schiena. Rabbrividisco e provo ad allontanarmi ma sono in trappola. Mi lascio andare come una bambina seduta in cima a uno scivolo. Bocca dentro bocca e mani dentro mani. Ci sono cose che restano uguali sia che tu abbia vent'anni sia che tu ne abbia molti di più.

La mia gonna sparisce velocemente. Non so come ma sono nuda. Un po' mi vergogno, un po' mi piace. Mi sforzo e alzo gli occhi per guardarlo. Devo guardarlo. Il mio corpo si muove al suo volere, la mia schiena si appoggia al muro, mentre le mie braccia sono sospese sulle sue spalle, non riesco quasi a muovermi. È lì che, in bilico sulle punte dei piedi con i suoi capelli tra le dita, ho abbandonato tutto, Luce e Carlo, un'altra volta.

Mi è venuta fame di lui, del suo sapore di alcol e fumo, del cibo appena digerito, della carne rossa delle sue labbra, della rasatura perfetta, del torace piatto, della pancia rilassata, delle sue gambe tra le mie e del suo sesso. Del nostro sesso. Di quello che ero in quel momento, ma soprattutto di quella parte di me che ho lasciato viaggiare da sola.

Ho iniziato a morderlo, a scorrere la sua pelle centimetro dopo centimetro e poi millimetro dopo millimetro.

Vischiosa ed eccitata io, forte e rilassato lui.

Abbiamo ballato un tango o qualcosa che gli assomigliava, rudimenti di passi incerti, di talloni e caviglie che si annodano tra loro, trasformandosi lentamente in una danza tribale, un ballo di mani e bocche, di pelle e lingue.

Ci siamo girati intorno e scambiati i ruoli. Da dolce a dannata io, da fuoco a cenere lui.

QUELLA NOTTE, ore 4.00

«Signora mi segua, non abbiamo molto tempo.» Il dottor Longani mi ha afferrato per un braccio e facendomi segno di seguirlo ha inclinato la testa verso sinistra.

Il modo in cui ero vestita, le scarpe, i capelli spettinati lasciavano all'immaginazione di chiunque mi guardasse un solo possibile scenario.

Perché la madre di una ragazzina ricoverata d'urgenza nel cuore della notte si era presentata abbigliata in quel modo?

Ero stonata e scomoda.

Forse era per quel motivo che l'atteggiamento del dottore sembrava brusco e scostante?

Ho scrollato la testa, mi sono voltata a guardare Carlo e ho obbedito.

«Ma cosa è successo? Cosa avete detto a mio marito? Dov'è mia figlia?» Qualcosa mi mordeva lo stomaco, mi sono fermata. Avevo voglia di complicare le cose: «Se non mi dice cos'è successo mi metto a urlare» l'ho minacciato.

Il medico si è fermato e guardandomi con apprensione mi ha redarguito: «Aspetto solo di entrare nel mio ufficio, esiste una legge che mi vieta di raccontare i fatti suoi nel mezzo del corridoio dell'ospedale, signora, tutto qui».

Siamo entrati in una stanza rettangolare, la finestra dava sulla collina, al centro una scrivania ingombra di fogli e cartelle cliniche. Una lampada di design rosso acceso era l'unico tocco di personalità in quello studio.

Mi ha fatto accomodare su una poltrona di pelle e si è seduto di fronte a me.

«Luce è stata ricoverata poche ore fa in stato d'incoscienza. Epatite fulminante, ignoriamo per ora la causa. Potrebbe essere congenita ma – non è semplice signora, mi creda, sono un padre anch'io – gli amici di sua figlia hanno raccontato di aver comprato delle droghe sintetiche e Luce le ha assunte insieme ad alcol.»

Sono rimasta sospesa come una bolla. Mi assomigli più di quanto credessi, Luce.

«Oh mio Dio,» poi con un filo flebile di voce «ora dov'è? Io vorrei...» mi sono fermata da sola. Sono stata gettata via come uno straccio. Nella mia testa si è fatto il vuoto totale.

«Signora, si sente bene? Mi perdoni se sarò brutale ma non abbiamo molto tempo a disposizione.»

«Sì, l'ascolto» ma non sapevo se fosse vero.

«Luce ha una grave insofferenza epatica e potrebbe non sopravvivere a lungo in queste condizioni. È assolutamente necessario un trapianto.»

I miei occhi affondarono nei suoi, non ero preparata a questo, a tutto il resto sì, ma non a vivere senza Luce.

Il dottore ha continuato: «In alcuni casi abbiamo la possibilità di effettuare l'espianto parziale dell'organo da paziente consenziente, di solito i genitori o i fratelli».

Ho socchiuso le labbra e la mia schiena si è irrigidita.

«Non sappiamo ancora la gravità delle condizioni di sua figlia ma suo marito si è offerto come donatore e...» si è fermato per pochi secondi che mi sono sembrati eterni.

«E?» ho detto io, sfidando la sorte, il destino e le nostre vite.

«Le prove di compatibilità dimostrano che suo marito non è il padre biologico di Luce.» È stato come sentire una lama attraversarmi la carne.

Ho abbassato le braccia lungo la sedia e sono rimasta senza fiato.

Le parole di Carlo hanno riempito lo spazio nella mia testa: «Come... come hai potuto farmi questo?» «Come... come hai potuto farmi questo?» «Come... come hai potuto farmi questo?».

Avevo voglia di raggomitolare il mio corpo, meno superficie esponi più difficile sarà colpirti.

Quell'uomo si è avvicinato a me. «Signora, devo chiederle di fare il primo prelievo di sangue, dovrebbe seguire l'infermiera ora.» Io sono rimasta immobile come se aspettassi che qualcuno mi sollevasse di peso.

«Signora, è necessario sottoporla ad alcune analisi, appena avrò chiaro il quadro clinico di Luce dovrò prendere una decisione in fretta e voglio essere certo di tutte le possibilità a disposizione.»

L'ho guardato dal basso senza trovare le parole per dire nulla.

«Signora, capisco la sua situazione ma ora è assolutamente necessario pensare a sua figlia, la prego, segua l'infermiera, le spiegherà la procedura.»

Pensare a Luce? Uno sconosciuto mi aveva appena chiesto di pensare a mia figlia. Sembravo davvero così inadeguata?

La mia testa ha cominciato a pulsare. Mi sembrava piena d'acqua calda. Ho fatto un respiro nel tentativo di riafferrare il controllo ma era difficile, non riuscivo a mettere a fuoco un'immagine precisa. Fotogrammi del passato si schiantavano l'uno sull'altro come in un tamponamento a catena.

Ho pensato a Carlo, chiedendomi dove fosse. Avevo bisogno di lui più che mai. Non riuscivo a parlare perché non riuscivo a pensare. Era come se la mia testa e i miei pensieri si fossero riempiti di ovatta.

Il dottore mi ha guardato negli occhi provando a scuotermi dal mio torpore: «Sarebbe in grado di rintracciare il padre biologico di Luce?». Una piccola pausa per sottolineare che non era un insulto ma solo una speranza in più: «Sarebbe utile testare anche lui».

«Io non lo so...» Ho scosso la testa e di nuovo dentro mi si è formato il buio.

Ricordare il passato fu come spalancare la finestra di un grattacielo a ottocento metri d'altezza e guardare la terra senza ringhiera. La sensazione di precipitare nel vuoto.

Ero capace di nascondere un segreto ma mi trovavo completamente persa davanti alla verità. Non ero pronta. Lo ero per mentire ma non per svelare.

Forse è questo il problema del mio segreto, potevo nasconderlo a tutti, tranne che alla scienza. L'unica cosa che poteva salvarmi era quel vincolo speciale che esiste tra ogni paziente e il proprio medico, ma io ero arrivata troppo tardi.

La voce dell'infermiera nelle mie orecchie: «Signora, dovrebbe togliersi la giacca, devo farle il prelievo».

Ho obbedito in modo automatico, mi sono tolta la giacca, provando ad appoggiarla alla spalliera della sedia, ma l'ho guardata cadere a terra.

L'infermiera l'ha raccolta prima di me sistemandola su di un attaccapanni accanto alla porta.

Ho guardato la mia camicetta stropicciata, ho tentato di stirarla per i lembi inferiori stando attenta a non mettere in mostra il reggiseno a balconcino. L'infermiera mi stava guardando con il laccio emostatico in mano. Il suo sguardo severo mi ha imbarazzato e ho lasciato perdere la camicia. Mi sono voltata verso le persiane aperte e ho appoggiato il braccio destro sul lettino, sperando che facesse il prima possibile.

Mi ha chiesto di stendere il braccio verso il basso. Ho obbedito.

Mi ha chiesto di chiudere e aprire il pugno più volte. Sfiorando leggermente la mia vena, ci ha strofinato sopra un batuffolo di cotone imbevuto di disinfettante. L'odore mi ha punto le narici facendomi rabbrividire. Mi ha chiesto di stare ferma.

Ho sentito pizzicare e subito dopo lo schioccare del laccio mi ha liberato. Mi ha raccomandato di non alzarmi ma di aspettare qualche minuto, poi, guardandomi, mi ha chiesto: «Come si sente?».

«Male» ho risposto.

Incapace di entrare in qualcosa di così oscuro si è girata, ha preso la mia giacca e l'ha adagiata sul lettino. «Abbiamo finito, quando vuole può rivestirsi e raggiungere sua figlia» e avvicinandosi all'uscita si è voltata verso di me e ha detto: «Mi dispiace, buona fortuna».

ANNI PRIMA…

Massimo era esattamente quello che non doveva essere, inaffidabile, penetrante e faticoso. Vischioso come il miele, avvolgente come un mantello di lana, silenzioso come un pensiero.

Impossibile aspettare di farsi coinvolgere, inesistente il tempo tra il pensiero e l'azione.

Era un pomeriggio di fine estate, è difficile raccontare i dettagli di qualcosa che, pur avendolo rivissuto mille volte, non riesci ancora a spiegarti.

Un meraviglioso e lento sorriso si era disegnato sul suo volto e io ci rimasi incastrata.

Mi dimenticai tutto, Luce.

Se mi chiedessi in quanto tempo ci si innamora, ti risponderei: «In pochi secondi».

Lui era il sole che si appoggia all'orizzonte. Una filastrocca che ti rimbalza in testa. L'incipit del *Cinque maggio*. Un abbraccio inaspettato.

Ma io non ero sola e in quell'abbraccio mi trascinai dietro anche Carlo e tutta la sua vita.

Eravamo fidanzati da diversi anni, quando incrociai Massimo per la strada.

Fu come un gioco, una sfida.

Lo so che dovrebbe esserci sempre un inizio. Un attimo preciso nel quale puoi ancora cambiare il corso delle cose. Un bivio al quale ritornare con il pensiero: «Se avessi preso l'altra strada? Se avessi fatto l'altra scelta? Se avessi dato ascolto alla testa e non al cuore?». Io non lo trovo, Luce. Non te lo so dire dove e quando è iniziato, perché l'avevo già addosso.

Alla fine di settembre mi ero decisa a portare dal fotografo i rullini della prima vacanza che io e Carlo eravamo riusciti a fare, liberandoci di sua madre. Entrando nel piccolo parcheggio del negozio urtai maldestramente una moto che cadde a terra. Avvertii il suono metallico attraversarmi le orecchie.

Scesi dall'auto.

Teneva le mani intorno alla testa e lo sguardo fisso su quella forma di plastica e metallo nero scomodamente incastrata sotto il mio paraurti. Mi sentii le guance in fiamme.

Con una voce innaturale abbozzai una serie di scuse per colmare il suo silenzio imbarazzante. Non disse una parola. Non mi guardò nemmeno.

Sarei voluta sparire.

Poi spezzò il silenzio. «Bisognerebbe prima imparare a guidare e poi avventurarsi per la strada in macchina!» Mi venne da ridere, ma solo a me.

Portò la sua macchina fotografica vicino al volto e scattò due volte. «Puoi spostare l'auto ora» mormorò con tono desolato.

«Sì, certo» ma rimasi ferma come una statua.

Si girò verso di me: «Hai capito? Sicura di stare bene?».

Il mio corpo divenne elettrico, non avevo udito una sola parola. Guardavo le sue labbra aprirsi e chiudersi, cercai di immaginare il suo sorriso, i suoi denti, la sua lingua.

«Forse è meglio che lo faccia io» e salì in auto sfiorandomi appena. Avvertii il suo odore leggero e avvolgente.

Sapeva di liquirizia e borotalco. Se mi avessero bendata sarei riuscita a riconoscerlo tra una folla di uomini, usando solo l'olfatto.

Pochi minuti dopo eravamo seduti al tavolo di un bar a compilare la constatazione amichevole. Fu l'unica volta in vita mia che ho apprezzato la burocrazia lenta e stagnante del mio paese.

Bevvi un sorso di caffè e cercai di alternare melliflue scuse a dolci sorrisi. Ma non riuscivo a non sentirmi terribilmente stupida e fuori luogo.

Quando una persona ti attraversa l'anima, una parte di te si sbriciola, peccato sia la parte su cui hai sempre contato.

Mi tuffai nella borsa alla ricerca dei soldi per pagare i caffè, quando lui fermò il tempo: «Lasciami il tuo numero di telefono».

Io avvampai. Cercai di non incrociare i suoi occhi e guardando il tavolo mormorai: «Be', io però sono fidanzata».

Lui scoppiò a ridere e mentre nella mia testa si stavano accavallando mille pensieri disse: «Lo farò presente al mio assicuratore prima di darglielo!».

Stupida, stupida e stupida.

Non riuscii più a guardarlo in faccia. Presi un tovagliolo di carta, ne stracciai la metà macchiata di caffè, gli sfiorai la mano sfilando dalle sue dita la penna che stringeva da un po'. Avvertii il leggero, umido calore della sua pelle e mi misi a scrivere: «*Se riuscissi a sentire il mio cuore lo scambieresti per una metal band!!! Ecco il mio numero…*». Scappai come se uno sciame d'api mi stesse inseguendo.

A casa mi sedetti davanti al telefono e aspettai, sussultando a ogni squillo, sollevavo la cornetta e facendo forza sul diaframma scaldavo la voce. Mi sentivo sciocca, superficiale, vivace, giocosa, brillante e sedotta.

ALL'ALBA, ore 5.30

Nel corridoio ho incrociato con lo sguardo quello che era rimasto di Carlo. La testa e le mani appoggiate al muro come se lo dovesse tenere in piedi con le sue sole forze. Sarebbe restato lì fino a che Luce non fosse guarita, se fosse stato necessario, ne ero certa.

Mi ha fissato senza cambiare espressione, come se fossi trasparente. Mi sono fermata chiedendomi se l'avrei mai più rivisto ridere, se i piani su cui eravamo appoggiati si fossero già staccati l'uno dall'altro con la stessa scarsa probabilità di rincontrarsi che ha un asteroide di colpire la terra.

Mi sono avvicinata. «Carlo io...»

«Sparisci dalla mia vista, Viola, sparisci da qui prima che io ti ammazzi. Non lo faccio solo perché la sua vita dipende ancora dalla tua.»

«Mi dispiace, Carlo, io non...»

Ma lui a voce alta: «Stai zitta, per una volta, una sola dannata volta, non insultarmi con le tue bugie».

Si è staccato dal muro, ha allungato una mano quasi a toccarmi ma l'ha ritratta subito. Prendeva aria e la sputava fuori, cercava le parole che non arrivavano, voleva spiegare qualcosa che non conosceva, come se si fosse svegliato in un luogo sconosciuto e non sapesse tornare a casa.

«E ora? Io cosa faccio ora?» La sua voce era un velo.

Non ho trovato il coraggio di rispondere.

«Me ne devo andare? Faccio finta che non siate mai esistite? Lei non è mia e quindi non lo sei nemmeno tu, o sbaglio?» Poi fissandomi con occhi piccoli e cinici ha continuato: «Sai cosa faccio? Esco da qui, vado a prendere le mie cose e mi trasferisco in una nuova casa. Mi scrollo di dosso questi vent'anni, faccio come se avessi dormito. Cosa ne pensi Viola? Tu sei brava in questo, puoi darmi qualche suggerimento? Come si fa a cancellare qualcuno dalla tua vita? Come fai a cancellare qualcuno che ami più della tua vita?».

Mi tremavano i denti dalla paura che sentivo. Avrei voluto fermarlo ma non sapevo assolutamente cosa dire. Ero colpevole. Avrei voluto dissolvermi nel nulla.

Lo avrei voluto davvero.

«Come faccio a spiegartelo, Viola? Come faccio a dirti che è per lei che io ho imparato ad amarmi, che è lei la mia radice, che è la sua stanza che io chiamo casa, che so cosa le piace e cosa le dà ribrezzo, a chi ha dato il primo bacio perché sono quasi morto quando me l'ha raccontato, che è tra le mie braccia che è caduta quando ha fatto il primo passo della sua vita.» L'emozione gli si è arrotolata in gola, ma la forza che aveva nei polmoni ha avuto la meglio e ha continuato: «Ho lottato contro la febbre alta, contro il suo mal di mare, le ho spalmato il talco mentolato perché la varicella non le segnasse la pelle, l'ho seguita la prima volta che è andata a scuola da sola, mi sono morso la lingua e ho trattenuto le mani quando è tornata a casa in lacrime perché le avevano spezzato il cuore. Io so che le fragole le fanno venire uno strano sfogo sulle braccia, che per le scarpe da ginnastica ci vuole il trentasei, ma lo stesso non va bene per le ballerine. So che odia i cetrioli, non ne sopporta neanche l'odore, che vorrebbe farsi tatuare la frase *dove finisci tu comincio io* sulla schiena, ma per fortuna ha paura degli aghi».

Poco dopo si è seduto, i gomiti sulle ginocchia, la testa fra le mani, gli occhi gonfi di lacrime. Avevo tanta paura anch'io ma non sapevo come dirglielo.

«Ho studiato la storia dei romani tre volte e so Dante quasi a memoria perché lo imparasse anche lei. Ho passato serate intere a farle ripetere le tabelline e poi tempo dopo quelle stesse sere le abbiamo spese a parlare del valore della verginità e del sesso. Ho provato a spiegarle cosa sono i maschi, sperando e pregando Dio che non li incontrasse mai.»

Si mordeva le labbra come se abbozzasse un brevissimo sorriso, lo stesso che si affaccia quando la tua testa raccoglie un'immagine che ti piace.

«Lo sai che Luce ha il complesso di avere le gambe storte? È per questo che non mette mai le gonne. Io le trovo bellissime le sue gambe, ma se non mette la gonna ne sono felice. E lo sai che mi sento in colpa per questo? Non le dico la verità solo per il mio stupido egoismo di padre, perché ho paura che piacciano anche agli altri e che lei scopra quanto possa essere provocante e seducente, ma conosco gli uomini ed è lì che scelgo di mentirle, solo per proteggerla.»

Si è alzato spostandosi verso la finestra. Era ormai l'alba e la stanza si stava riempiendo di una luce e di un calore appena nati.

«C'è qualcosa che capisci in tutto quello che dico, Viola? C'è? Dimmi la verità, per una volta. Ti sembro un povero stupido, vero? Devo farti tanta pena. Chissà quante volte l'avrai pensato.»

Ha girato la testa verso di me e con il tono di una confessione mi ha detto:

«È per lei che non me ne sono mai andato, che ho sopportato tutti i tuoi tradimenti ed è per lei che non mi sono mai pentito di averlo fatto».

Ho portato le mani alla bocca e sono scoppiata a piangere, le lacrime mi bagnavano le dita e per la prima volta in vita sua Carlo non ha fatto nulla, non si è avvicinato, non mi ha abbracciata, non mi ha consolata ma soprattutto non ha risolto il problema.

«Che cosa posso fare Carlo?»

«Trova quell'uomo oppure trovale un fegato, che sia anche il tuo non m'importa, ma trovalo e ridammi la mia Luce.»

ANNI PRIMA…

Mi chiamò qualche giorno dopo. Non il suo assicuratore, ma lui.

«Sono a casa a montare il video del matrimonio di una coppia di amici. Se ti va di passare ti offro un caffè!» Abbassai lo sguardo sul tavolo, strinsi la cornetta con entrambe le mani e arrossii.

«Va bene. Arrivo» sussurrai.

«Ok. Io abito in via…»

«So dove abiti.»

«Come fai a saperlo?»

«Ho tentato di distruggere la tua moto per avere il tuo indirizzo.»

Scoppiò a ridere. E io riuscii a immaginarmi perfettamente la linea dei suoi denti.

«A dopo» dissi.

Ecco come si fa a frantumare un sentimento senza fare nulla.

Chiamai Angela e le dissi che non sarei andata alla galleria quel giorno.

Credo mi abbia odiato. Quello era un gran giorno per la nostra attività. Avevamo deciso di rinnovare l'arredamento della galleria.

L'idea era di far dipingere le pareti da un professionista di *trompe-l'œil*. Avevamo scelto di far disegnare tendoni color indaco con mantovane e cordoni dorati sulle quattro mura della stanza. Secondo Angela questo espediente avrebbe messo in evidenza le opere in esposizione.

Si stava per scatenare l'inferno e io mi sentivo come se avessi ingoiato una bomba.

Suonai il campanello. Avevo fatto tutto quello che si fa quando si ha qualcosa da nascondere. Architettato una bugia credibile, nascosto le scarpe con i tacchi sotto il sedile dell'auto e messo il rossetto solo dopo aver posteggiato. L'atrio sapeva di candeggina appena passata. Lo superai e salii le scale guardando in su alla ricerca di una porta socchiusa.

Indossava solo un paio di jeans e stringeva in mano una maglietta verde. «Accomodati» disse sorridendo.

Io imbarazzata gli allungai la confezione di gelato che stringevo tra le mani prima che si sciogliesse. «Non dovevi» disse lui.

«Non si arriva mai in casa di uno sconosciuto a mani vuote!»

«Forse non si dovrebbe nemmeno andare a casa di uno sconosciuto, no?» chiarendo la sua opinione su di me.

Provai a fare finta di non essermi offesa a morte, come se il mio orgoglio fosse momentaneamente disattivato dal resto dei miei sentimenti.

Forse mi sentivo così perché non riuscivo a dargli torto. Cosa facevo lì, vestita come se fossi un'altra e così sorridente?

Mi sedetti su uno sgabello e appoggiai i gomiti sulla penisola che divideva la stanza. Lui iniziò a farmi alcune domande su di me e la mia vita. Gli raccontai del mio lavoro, di Angela e della possibilità di organizzare una mostra con le sue fotografie. Non nominai mai Carlo. Le parole mi scivolavano sulla lingua insieme a una fastidiosa risatina stridula. Lui riusciva a mantenere sempre un tono basso e pacato.

Non so come, ma improvvisamente il mio corpo fu travolto da un'onda. Appoggiai la schiena al suo petto, sembrava una tavola di legno. L'acqua mi sommerse completamente. Le sue mani mi scivolarono lungo i fianchi. L'onda mi spinse in alto e poi mi trascinò in basso. Le sue labbra sul mio collo. Strisciai intorpidita sul fondale. Mi avvolse tra le braccia. Mangiai le sue labbra, la sua lingua. Sentii il suo odore. Toccai il suo corpo, le sue mani. L'acqua mi riavvolse. Tornai in alto senza peso. Riemersi stordita. Le mie ossa furono trascinate alla deriva.

Rimasi in silenzio.

Tenevo gli occhi chiusi per non guardarlo. Per non guardare quelle mura e quelle lenzuola. Per non guardare punto e basta.

Mi sentivo come se avessi appena scippato la borsa a un'anziana e avessi corso così forte da sentire male a ogni giuntura del mio corpo.

Stringevo un angolo di lenzuolo come se fosse il manico di quella borsa. Mi sentivo esausta.

«Lo so che sei sveglia.» Lo disse con un filo di voce girandosi verso di me.

Il mio stomaco si trasformò in una spugna.

Aprii gli occhi e sorrisi cercando di sembrare perfettamente a mio agio. Lui mi sfiorò un labbro e mi chiese se avessi sete o fame.

«No, grazie» risposi.

Allungai la mano sul suo polso per leggere l'ora sull'orologio. Anche se non sarei dovuta essere lì nemmeno per un minuto, improvvisamente sapere che ora fosse mi diede sollievo.

Tutto era più facile quando non esistevano i telefoni cellulari, Luce.

Massimo mi baciò e fu come un caldo improvviso durante il mese di novembre.

Rimasi inchiodata lì, consumando tutto il tempo a mia disposizione, allontanando i sensi di colpa.

Non ricevetti sue notizie per quattro giorni. Mi aggiravo per casa come un animale in cattività. Scalpitavo dentro quelle mura che non riuscivo più a riconoscere.

Non mi allontanavo mai troppo dal telefono.

Dopo tre giorni senza sue notizie scoppiai in lacrime davanti ad Angela. Lei, preoccupata, mi abbracciò con forza cercando di scavarmi dentro. Cosa poteva fare tanto male?

«Tesoro, ma cosa succede?»

Singhiozzai.

«Viola, mi fai preoccupare, riguarda Carlo? Sua madre? Ti prego, calmati, che una soluzione deve esserci.»

Non era così. Le soluzioni in certi casi non hanno quel nome. Sono solo silenzi da smaltire, magie finite.

Parlai di lui con il rimpianto che mi esplodeva dentro.

Parlai senza fermarmi, tradita anche dall'orgoglio.

Le raccontai di un vento di caduta, caldo e avvolgente sulla pelle, di come mi avesse travolta inaspettatamente e di come non riuscissi più a farne a meno.

Piangevo quasi ininterrottamente dalle nove del mattino alle sei del pomeriggio. Poi cercavo di ricompormi come meglio potevo per incontrare Carlo.

Finalmente alle cinque e un quarto di un normale giovedì la sua voce mi rimbalzò nella testa come il morso dato a un gelato troppo freddo. «Come stai? Ci vediamo più tardi?» Così, ignaro del fatto che io nel frattempo mi fossi arrugginita come un tubo di metallo immerso nell'acqua.

Pigolai qualcosa che sembrava un sì. Forse volevo che pensasse che ero arrabbiata o indifferente, ma mi accorsi che non ero né l'una né l'altra cosa. Ero felice.

Ricominciò di nuovo e Angela me lo lesse nel volto, quando appoggiai il telefono e mi girai verso di lei.

«Viola, forse dovresti pensare un altro po' a quello che stai facendo.»

«Stai tranquilla, è solo un gioco, è solo sesso.» Alcune bugie sono tali solo per chi le racconta, altre lo sono per tutti.

Capii cosa voleva dire iniziare qualcosa che sfuggiva già al controllo. Solo quando comprendi il danno che provoca a chi vuoi bene finisci per esserne sempre più vittima.

Quel giorno vendetti un dipinto acrilico su juta trattata con una tecnica mista. Era l'immagine di una città annacquata come Venezia. Un'atmosfera sospesa tra la calma e l'attesa. Un fascio di luce era catturato mentre sbucava da una strada stretta su una piazza illuminando le case e i palazzi.

L'attento studio della resa luminosa, dei chiaroscuri che creavano il volume, dei riflessi sull'acqua, trasmetteva la profondità.

Mi piaceva il taglio fotografico di quell'immagine e le tonalità di azzurro, dal blu-alice all'indaco, spezzate solo dal bianco.

Restai a guardarla incantata. Una signora piccola e non troppo esile, con gli occhiali che le ingrandivano smisuratamente gli occhi, mi si avvicinò e mi chiese: «Cosa rappresenta?».

«L'equilibrio.»

Se non l'avessi mai incontrato avrei passato la vita a cercarlo.

POCO DOPO, ore 6.00

Un infermiere ha spaccato il nostro silenzio. «Abbiamo i risultati delle analisi di vostra figlia e il dottor Longani vorrebbe parlarvi.»

Carlo si è alzato, ha attraversato la porta senza guardarmi.

Io l'ho seguito. Teneva la testa bassa e i pugni stretti.

Siamo entrati nello studio come se fosse la prima volta, siamo rimasti impalati davanti alla scrivania finché il dottore con un cenno ci ha chiesto di accomodarci. Io sono caduta sulla sedia di pelle, ho appoggiato entrambe le mani sui braccioli. Le mie dita in modo automatico si sono messe a cercare le cuciture.

Carlo è rimasto in piedi dietro di me.

«Le condizioni di Luce sono più gravi del previsto, mi dispiace.» Un colpo sordo e potente è risuonato nella stanza, Carlo aveva sbattuto un pugno sulla porta.

Il dottore ha ignorato il gesto e ha continuato: «È pertanto esclusa ogni donazione da vivente, sono desolato, ora possiamo solo aspettare».

«Aspettare cosa?» La voce di Carlo ha tuonato alle mie spalle.

«Che arrivi un donatore compatibile.»

«Che un altro genitore perda suo figlio? Dio mio ma perché?» Carlo è scivolato per terra come un bambino e la sua voce si è fatta sottile e stridula. «Se lei muore io mi ammazzo, tanto che senso ha che io resti qui da solo.» Ora il colpo lo ha inferto direttamente a me.

«Il trapianto da cadavere è l'unica possibilità.»

Una sensazione di impotenza è calata nella stanza.

«Cosa succederà, dottore?»

«Dobbiamo aspettare un donatore di organi, qualcuno che abbia subìto una lesione cerebrale irreversibile in seguito a un trauma cranico o un'emorragia cerebrale. Lo so che sembra orribile ma è l'unica possibilità per Luce.»

Carlo ha racchiuso le gambe tra le braccia appoggiandoci la testa sopra.

«L'assegnazione viene effettuata presso il centro interregionale di riferimento per i trapianti. Esiste un programma che forma liste dei pazienti in attesa nei diversi centri afferenti. Non appena c'è un donatore i suoi organi vengono assegnati in base alla compatibilità e alla gravità del paziente ricevente.» Sembrava avesse ingoiato un libro stampato.

Ha fatto una breve pausa. Io l'ho guardato come un alce abbagliato dai fari di un'auto.

Ha continuato: «Vista la situazione clinica di Luce e la sua giovane età ci sono ottime possibilità che sia già in cima alla lista. Abbiamo appena inviato la sua cartella d'iscrizione compilata, il prelievo per il gruppo sanguigno e le prove di compatibilità. Ora possiamo solo avere pazienza».

Mi sono alzata dalla sedia facendola strisciare pesantemente dietro di me: «Dottore, io sono compatibile?».

Il dottore mi ha guardato con sospetto. «Sì, ma purtroppo non posso effettuare un espianto parziale, non sarebbe comunque sufficiente a salvarla.»

Mi sono girata su me stessa e ho scavalcato le gambe di Carlo. Davanti a lui, guardandolo dall'alto al basso, ho mormorato: «Rimani sempre con lei, ma ti prego,» una pausa per ingoiare l'aria e ho ripreso «qualunque cosa accada, chiamami». Lui ha aggrottato le ciglia senza capire, come se la sua espressione fosse svanita e lontana da lì. «È l'ultima cosa che ti chiedo, Carlo.» Ho serrato le labbra e spalancando la porta mi sono precipitata nel corridoio.

Mi sono fermata davanti al vetro con le tende alla veneziana socchiuse. Ho visto il tuo corpo respirare lento e regolare. Ho indietreggiato di qualche passo cercando di guardarti da lontano per vederti intatta, per ricordarmi del tuo corpo intero, senza segni, senza tubi, come un dipinto che assomiglia a tutt'altro quando ti allontani.

Tra poco avrebbero concesso qualche minuto di visita, ma solo a uno di noi. L'idea che tuo padre sarebbe stato lì mi ha tranquillizzata e ho ripreso la mia corsa da dove l'avevo interrotta. Dai bisbigli nei corridoi, dai protocolli da seguire, dai letti abbandonati per altre destinazioni, dalle lacrime per chi se ne va e la gioia per chi arriva.

Ho corso più veloce che potevo, volando tra gli ambulatori, le sale d'aspetto, i punti da dare, le macchinette del caffè, le sale operatorie ma soprattutto sopra i malati, gli infermieri, i parenti e le loro angosce.

Ho girato a destra in fondo al corridoio seguendo la scritta USCITA, poi quattro rampe di scale, ho sbandato tra un piano e l'altro ma ho ripreso la mia corsa. Ho spinto i maniglioni antipanico e anticipato le porte a scorrimento, ho spostato un carrello delle medicazioni e dribblato quello dei vassoi per la colazione.

Mi sono portata dietro gli sguardi di tutti, il dondolio delle flebo di vetro, le garze sporche, e i guanti monouso.

Ho attraversato il giardino fino alla mia auto, Luce, e per una volta ho trovato subito le chiavi.

Ho afferrato il telefono e chiamato Angela. È scattata la segreteria e ascoltando le cifre dell'unico numero che conoscevo a memoria ho vomitato: «*Luce è in ospedale e Carlo...Carlo ha scoperto tutto*». Prendendo un lembo d'aria ho confessato: «*Angela, ho tanta paura e... vorrei che tu fossi qui con me!*».

ANNI PRIMA…

Volai tra le sue braccia. Il mio corpo si adagiò perfettamente tra i suoi avambracci e io mi appesi al suo collo come se fossi già sua.

Mi sembrava perfetto. E in qualche modo lo era. Bastava tagliare la parte di frutto non ancora andata a male. Era solo difficile capire quale delle due fosse. Afferrai il sacchetto con la spesa e lo appoggiai sul tavolo. La cena l'avrebbe cucinata lui.

Ero uscita di casa dicendo a mia madre che sarei andata da Carlo e a Carlo che avrei visto Angela. Un ingranaggio semplice che reggeva perché completamente scarno di dettagli.

Servono due persone per fare una bugia, chi la racconta e chi l'ascolta.

Lo guardai avvitare l'apribottiglie nel sughero, annusare il tappo e servire il vino nei bicchieri di cristallo. Lo spiai mentre tagliava la cipolla e sciacquava il pesce sotto il rubinetto. Lo ammirai mettere insieme gli ingredienti aiutato solo dal fuoco.

Se fosse andata in fiamme l'intera città io non avrei staccato le mie dita dal ripiano bianco su cui le avevo appoggiate da quando ero entrata in casa sua. Pensai che in vita mia non avrei mai pagato un biglietto al cinema per vedere l'intero spettacolo in piedi. Ma lì mi sarei fatta pietrificare.

«Mentre l'acqua bolle mi faccio una doccia al volo. Ci guardi tu?»

«Sì» dissi e incrociando il suo corpo mi spostai vicino ai fornelli. Mi misi a fissare l'acqua e iniziai a pensare allo strano fenomeno dell'ebollizione e a come potesse creare tutto quel movimento.

Uscì dalla porta del bagno vestito solo dell'asciugamano e di un sorriso.

Cercai di non guardarlo nonostante la linea dei suoi dorsali fosse evidente anche solo fissandolo negli occhi.

Raggiunsi il punto di ebollizione velocemente.

Spense il fuoco. La cena poteva aspettare. Noi no.

Fu un cercarsi dolce e in crescendo.

Per un attimo mi sembrò di essere a uno stage per imparare a ballare il fox-trot.

Il ritmo base è SS QQ (lento-lento, veloce-veloce). Due tempi musicali per ogni passo lento e uno solo per ogni passo veloce, così tutti i passi lenti sono lunghi esattamente il doppio degli altri.

Uno sguardo per capirsi, per ritrovarsi nudi pur senza essersi mai toccati o spogliati, ma poco importa se a toccarsi sono le anime, quelle anime nascoste, che nessuno vede... nessuno sa... nessuno immagina...

La coppia rimane chiusa in un abbraccio fino a muoversi in modo omogeneo, senza strappi.

Poi tutto ci ha travolti, passione, amore, calore, sudore, respiri, voci, sussurri, mani, battiti, gambe, spalle, ali, vento, luce, colori, letto.

Seguono figure morbide e coordinate. Prima il tacco e poi la pianta, muovendosi leggermente in avanti.

Lui era morbido e ruvido nello stesso tempo. Un mescolarsi di suoni e odori, di gesti e baci.

La donna inarca la schiena mentre l'uomo la stringe a sé. Lei si abbandona a vistosi casqué mentre lui ne controlla il movimento.

«Tienimi ancora con te... non lasciarmi andare via... voglio venire via con te... toccami ancora... sentimi e respirami ancora... ho bisogno di te...»

I piedi sono ben uniti, quasi incrociati tra loro a ogni chiusura, come pronti a calpestarsi.

... Per ripetere all'infinito... per sentire infinitamente tutte quelle emozioni sepolte dal vivere comune... dal vivere di nascosto... languidi e affamati, come un caldo tempo blues.

Le dita delle mani restano sempre intrecciate.

Scivolai lungo la sua pelle infinita. Le mie unghie sulla sua schiena e le sue dita rotonde sulla mia.

I corpi sono sempre paralleli e in contatto continuo. Non ci si lascia mai.

Da fiamma a fuoco. Lente le sue labbra su di me. Chiusi gli occhi sul mio nome, arrossii ma al buio non si poteva capire. Eravamo belli e colpevoli in un abbraccio libero e puro, dal quale nessuna forza sarebbe riuscita a staccarci, neanche la nostra, neanche i nostri silenzi, neanche le nostre bugie...

Le figure si alternano e i corpi si intrecciano in modo ritmico fino a diventare un oggetto solo.

Dove finiva il mio corpo iniziava il suo. Ero intrecciata alle sue braccia, mentre le sue gambe scivolavano tra le mie.

Ogni coppia impara i suoi passi e nello spazio di un secondo persi la testa.

Mi svegliai nel cuore della notte. Mancavano pochi minuti alle quattro. La gola si trasformò in una spugna, spostai il braccio di Massimo e scivolai via come un foglio di carta.

Mi vestii pensando che fuori di lì non avrei incontrato la stessa pace e calma del respiro del mio amante. Forse Carlo era andato a cercarmi e Angela non aveva saputo cosa dirgli. Forse i miei si erano allarmati e la polizia mi stava cercando?

Mi girava la testa e il buio mi stordiva ancora. Potevo solo uscire e tornare a casa come se niente fosse. Carlo non aveva motivi di dubitare di me e Angela era perfettamente addestrata. Così finii di vestirmi, mi avvicinai al letto e sfiorai il suo mignolo, sorrisi disegnando con le labbra le parole «Ti amo» e me ne andai.

La notte era tranquilla. I semafori lampeggiavano ancora. Le luci nelle case erano rare come le lucciole quando albeggia. Guidai senza nemmeno accorgermene. La mia testa era troppo affollata dalle immagini dei nostri corpi, dall'odore di sesso che sentivo ancora pungere nelle narici. Strinsi leggermente le gambe per avvertirne l'indolenzimento. Mi guardai nello specchietto retrovisore e, nonostante i capelli in disordine e il trucco rovinato, mi sorrisi.

Passarono altri giorni in compagnia del suo silenzio. Il primo trascorse con una certa facilità.

Un corpo permane nel suo stato di quiete o di moto rettilineo uniforme a meno che non intervenga una forza esterna a modificare tale stato, si chiama inerzia, oppure Viola.

Poi lui richiamò e io ributtai all'aria tutte le mie resistenze, i miei impegni, i buoni propositi, il mio amor proprio, l'orgoglio, tutte le ore perse a ragionare con Angela su cosa fosse giusto e cosa no e tutte le bugie dette a denti stretti a Carlo per non fare l'amore con lui.

Decisi di rivederlo e di affrontare un discorso nuovo, volevo dirgli la verità, che lo amavo e che insieme avremmo potuto avere un futuro, ma certamente non potevamo andare avanti in quel modo.

Avevo provato il mio discorso di fronte allo specchio. Ero determinata a convincerlo. Presi in considerazione tutte le possibili obiezioni tranne una. Immaginavo che davanti a me, mentre pronunciavo un «ti voglio per sempre» con gli occhi lucidi e i palmi aperti, non avrebbe resistito, mi avrebbe abbracciata, tranquillizzata e magari espresso la sola esigenza di muoversi con calma per concedermi il tempo di risolvere i miei problemi.

Esistevo solo io perché non esiste nulla di più egoista dell'amore. Poi mi allungavo sul mio letto e immaginavo di fare l'amore con lui.

Nel frattempo aspettavo un suo segnale come un cane che aspetta che il padrone afferri il guinzaglio.

Una sera andai a mangiare una pizza con Carlo. Il mio umore era decisamente pessimo. Parlavo pochissimo, rispondevo a monosillabi e cercavo di evitare di incrociare i suoi occhi.

«Viola, c'è qualcosa che non va?»

«No, perché?» non riuscii a guardarlo in faccia.

«Non hai mangiato quasi nulla, mi rivolgi appena la parola, non facciamo quasi più l'amore, non mi racconti nemmeno della galleria e di Angela... non ci vuole una laurea.» Aveva il suo solito tono laconico e avvolgente.

Io deglutii fissando il mio piatto per non perdere l'equilibrio. Avrei voluto aprire la bocca e urlare: «Mi sono innamorata di un altro e voglio passare la mia vita con lui» come un gessetto stride su una lavagna.

Non ne ebbi il coraggio.

«Sono solo un po' preoccupata. Ho fatto una visita dal ginecologo e mi ha consigliato di fare degli accertamenti. Non volevo allarmarti e non vorrei parlarne. Aspettiamo. Ma non sarà nulla di grave, potrebbe essere solo stress.»

Questo è il bello delle bugie. Pronunciata la prima, le altre si inanellano come le maglie di una catena.

Lui cambiò espressione e se avessi avuto uno stetoscopio avrei sentito il suo cuore sfollare come un motore quando spingi l'acceleratore senza aver inserito la marcia.

«Viola, io… perché non me l'hai detto? Io avrei potuto…»

«Dirlo a tua madre? Non ti azzardare. Non ho nessuna voglia di farmi chiamare "piccola malata" o carinerie simili.»

«Smettila, lo sai che ti vuole bene.»

«Sì, come a una zingara che le ha appena svaligiato l'appartamento.» M'innervosii.

Lui tacque. Difenderla era difficile ma per lui era impossibile anche attaccarla.

Il giorno dopo Massimo mi chiamò e la conversazione con Carlo scivolò nel passato insieme alle sue preoccupazioni.

Le bugie si dimenticano prima della verità.

Erano quasi le otto di sera. Avevo appuntamento a casa di Massimo ed ero in ritardo. A Carlo avevo raccontato del solito appuntamento con Angela. Avevo pensato più volte di cambiare scusa, una cena di lavoro, o una rimpatriata con gli ex compagni di scuola, ma in fondo mi era andata bene fino ad allora e per scaramanzia non cambiai direzione. Poi Carlo si fidava di Angela, come tutti del resto.

Attraversai il corridoio spegnendo le luci del bagno e della camera, afferrai le chiavi di casa e la borsa. Appoggiando la mano alla maniglia della porta sentii il telefono suonare.

Esitai. Pensai che fosse troppo tardi per sostenere una qualunque conversazione telefonica. Avrebbe solo ritardato ulteriormente la mia corsa. I miei genitori erano fuori a cena e a quell'ora potevano essere solo seccature.

Girai la maniglia e mi chiusi alle spalle quel suono metallico. Attesi davanti all'ascensore mettendomi un filo di lucidalabbra. Appena le porte si chiusero schiacciai lo zero e sospirai. L'ascensore sobbalzò a terra con i soliti due scossoni e le porte si aprirono sul sorriso di Carlo.

«Sorpresa!» mi disse.

Il mio cuore rimbalzò in gola. Spalancai gli occhi e le labbra. Cercai di mettere a fuoco la situazione e di capire in fretta dove avevo sbagliato quella volta, ma riuscii solo a dire: «Cosa ci fai qui?» con una voce irriconoscibile.

«Ehi, non sei contenta di vedermi?» Aveva le braccia spalancate come per avvolgermi in un caldo asciugamano appena uscita dalla doccia.

«Certo» esitai come se dovessi evitare dei cocci di vetro a piedi nudi. «È che mi hai spaventata. Non ti aspettavo.» Ripresi fiato.

«Ti porto fuori a cena.» Il suo tono divenne trionfante. «Ho avvertito Angela che stasera ti avrei fatto una sorpresa, ed eccomi qui.» Mi baciò accarezzandomi dolcemente la testa.

Ripensai al suono del telefono. Probabilmente Angela stava cercando di avvertirmi.

«Come? Quando?» ero spaesata.

«Dài... non fare quella faccia. La tua amica la vedrai domani al lavoro. Stasera voglio una serata come ai vecchi tempi, senza pensieri. Credo che tu abbia bisogno di rilassarti un po', amore mio.»

La mia testa si affollò di immagini. Massimo. Come avvertirlo? Passai velocemente allo stato solido.

Carlo mi afferrò un braccio. «Andiamo al mare» sussurrò avvicinandosi con dolcezza al mio orecchio e sospirando nel riconoscere il mio profumo.

Io trascinai qualche passo fino al portone. Dovevo farmi venire un'idea.

Era come camminare su un campo minato.

Mi sedetti in auto e sospirai: «Carlo, ho il dubbio di non avere spento il gas, prima mi sono preparata un caffè. Faccio una corsa su e torno subito». Fuggii via come un evaso, mi chiusi dietro il portone e salii le scale di corsa. Spalancai la porta e afferrai la cornetta del telefono.

Massimo non rispondeva. Scattava la segreteria. L'ascoltai. Riprovai tre volte. Volevo sentire il suono della sua voce.

Dopo il terzo *bip* cinguettai: «Sono io, mi dispiace, non posso venire, è successo un imprevisto. Ti prego chiamami domani». Poi una piccola pausa e come se mi fosse venuto in mente qualcosa d'importante aggiunsi: «Mi manchi».

Agganciai. Mi sentivo come se avessi attraversato una galleria del vento senza protezione, come se mi avessero strappato la borsa e strattonata per terra.

In auto Carlo canticchiava tutte le nostre canzoni. Le aveva registrate su di una cassetta.

Avrei voluto dirgli di fermare l'auto e di riportarmi indietro.

Che stavo male. Ed era vero. Stavo male per tutto. Per me e per lui. Ma non lo feci. E mi misi a cantare insieme a lui.

Arrivammo al mare.

Se non fossi stata completamente assorbita da tutt'altro avrei potuto prevedere perfettamente dove mi stava portando.

Era il ristorante della nostra prima cena ufficiale. La prima da grandi, quando mio padre mi diede finalmente il permesso di uscire di sera, nonostante Carlo e io ci frequentassimo già da molto tempo.

Erano passati più di tre anni, ma per quel piccolo e raffinato ristorante incastonato fra le rocce di una caletta direttamente sulla spiaggia, il tempo sembrava essersi fermato. Quasi immerso nel mare, tanto che quella sera ci dovemmo togliere le scarpe per attraversare la marea che aveva invaso la spiaggia.

Era un'atmosfera incantata e Carlo l'aveva scelta per me.

Mi aiutò a salire la piccola scaletta di legno e appena appoggiai il piede sopra il terzo gradino mi bloccò tirandomi per un braccio.

Mi voltai verso il basso per guardarlo. «Viola io ti amo, più della mia vita.»

Il convoglio stava deragliando, un forte sobbalzo della locomotiva, come se al mezzo di trazione fosse venuto a mancare qualcosa sotto, Carlo azionò il freno d'emergenza e le prime carrozze frenarono regolarmente finché le sollecitazioni meccaniche spinsero uno dei carrelli di quelle successive fuori dalla sede dei binari spezzando il treno in due tronconi.

Io e Carlo.

Rimasi immobile e anche allora cercai un punto fisso per non perdere l'equilibrio.

Sorrisi meccanicamente, incrociai le sue pupille e mi accorsi che stavano tremando, gli accarezzai una guancia e con la freddezza di un sasso in uno stagno pronunciai: «Anch'io», poi serrai le labbra per paura di aggiungere altro. Lui sorrise e mi attirò a sé con forza.

Iniziai a sanguinare senza ferite.

«Ora andiamo, ci aspettano» e mi superò con uno scatto dandomi un bacio sulle labbra chiuse.

Io strinsi il tubo di metallo gelido al quale mi ero appoggiata e sentii che qualcosa stava rovistando dentro al mio stomaco.

SEMPRE QUELLA MATTINA, ore 6.15

Ho acceso il motore, inserito la retromarcia, poi la prima e la seconda, bruciato un giallo. Ho inchiodato al suono di un clacson allarmato. No, non l'avevo vista quell'auto. Ho fatto mente locale. Veniva da destra. Aveva ragione, le spettava la precedenza ma io avevo fretta, mi si doveva per forza leggere in faccia. È possibile che nessuno lo sapesse ancora? Mi sono lasciata insultare a parole e a gesti. *Ma dove hai la testa?* Non avevo tempo di dare spiegazioni.

L'asfalto mi scorreva sotto, un po' veloce e un po' lento, i fari delle auto m'illuminavano il viso a intermittenza.

Sono corsa decisa contro il traffico che si sveglia dopo le sette del mattino e ristagna lentamente crescendo di livello come fa l'acqua quando incontra un ostacolo.

Ho spento la radio perché volevo restare sola.

Ho parcheggiato davanti a casa. Mi sono infilata nel portone socchiuso e mi sono precipitata direttamente sul secondo gradino delle scale e così, due alla volta, sono volata verso la porta di casa nostra.

Ho letto i nostri nomi vicino al campanello e per la prima volta ne ho capito il significato, che noi dovevamo restarci chiusi dietro a quella porta, che quando ami qualcuno esiste una specie di decalogo da rispettare, anche se non te ne rendi conto inizi a eseguire una coreografia, il palco è nascosto dietro quella porta.

Ho attraversato il corridoio e sono entrata nella tua stanza.

Ho visto i libri della biblioteca che avevate lasciato aperti sulla scrivania e ho sorriso.

Ho acceso il tuo computer.

Ho preso un foglio bianco dal portacarta della stampante e una penna. Ho digitato la password e mentre lo schermo si riempiva delle sue piccole icone, mi sono messa a scrivere. Ho scritto a lungo senza correggermi mai. Ho pianto e ripreso a scrivere per tre volte. Ho provato a rileggere ma non riuscivo ad arrivare in fondo. Ho pensato che se non avessi letto fino all'ultima riga qualcosa per una volta non sarebbe finito.

Le cose finiscono. Ogni giorno e notte, l'estate come l'inverno, un bacio e l'amore, il vino durante una cena, la lavapiatti dopo il risciacquo, la benzina anche se hai fatto il pieno, la scorta di legna e di provviste, le terapie e un buon libro, la pausa caffè e la coda al botteghino, un racconto e un brutto sogno. Le calze finiscono nel cassetto e gli abiti nell'armadio. L'auto in garage. Le lettere nella cassetta. I colpevoli in prigione. La scuola finisce quando suona la campanella. Finiscono le guerre, le malattie, gli esami e lo zucchero. La musica se sollevi le dita dai tasti di un pianoforte.

Tutto finisce, forse anche il mondo un giorno.

Mi sono alzata e a piccoli passi mi sono avvicinata al tuo letto e ci ho appoggiato il foglio sopra.

Mi sono seduta al centro del letto e ho afferrato il tuo cuscino con entrambe le mani, l'ho portato al viso per annusarlo, avevo disperatamente bisogno di sentirti, Luce, se non potevo toccarti potevo almeno riempirmi del tuo odore.

Ho rotolato lo sguardo su tutta la tua stanza. Sui poster e sui tuoi disegni. Sulle foto piene di smorfie buffe insieme alle tue amiche. Sulla coppa di bronzo vinta al torneo di tennis della scuola. Sui tuoi vestiti appoggiati ai piedi del letto. Sul tuo disordine in cui ritrovavo la parte di me che ti avevo trasmesso. Non era granché, forse avrei potuto fare di meglio.

«Luce.» Ho urlato il tuo nome alzando la testa verso il soffitto, poi ho stretto le mani, così forte che le nocche sono diventate bianche come la panna.

Mi sono avvicinata alla scrivania, muovendo il mouse per riattivare lo schermo. Mi sono collegata a internet e ho disattivato tutti i blocchi che tuo padre ha inserito, qualche anno prima, per impedirti di vedere cose pericolose.

Ho iniziato la mia ricerca.

Difficile.

Spietata.

Precisa.

Scientifica.

Dettagliata.

Incomprensibile.

Lunga.

Ho pensato a come trovare ciò di cui avevo disperatamente bisogno. "Devi ragionare come chi scrive e non come chi cerca" mi ripetevo. Ho digitato nella striscia del motore di ricerca cinque sostantivi e ho cambiato il loro ordine almeno quattro volte. Facevo scendere la barra di scorrimento dopo ogni click, ma mai oltre la quinta voce. Da qualche parte avevo letto che la ricerca perdeva aderenza dopo i primi risultati.

Mi sono immersa in una lettura, ho cercato di trovare le parole che mi interessavano e di saltare le introduzioni. Mi sono rimproverata di non essermi iscritta a quel corso di lettura veloce che tanto mi aveva incuriosita. Chissà, ora sarebbe stato finalmente utile. Sì, ora avrei scandagliato il web come un radar senza fallire, senza sbagliare strada.

Ho guardato prima il telefono e poi l'ora impressa sul display.

Ho avvertito una sensazione di sollievo.

Ho abbassato la testa sulla tastiera e mi sono morsa le labbra. Dovevo sgombrare tutto dalla mia mente.

Tutto.

Luce e Carlo compresi.

Mi è venuto da piangere e mi sono chiesta se stessi facendo la cosa giusta, se stare lì davanti al computer, immersa in una ricerca impossibile, non solo da capire ma anche da spiegare, fosse più importante che sedersi sul bordo del letto di mia figlia, di tenerle la mano, di dirle quanto l'amassi, fosse anche per l'ultima volta.

Quel pensiero mi ha creato il vuoto dentro.

Ho cercato di non trasformarmi in marmo, almeno questa volta sarei andata fino in fondo, avrei seguito il mio istinto e avrei fatto qualcosa per lei.

Per voi.

Ho rimesso le mani sulla tastiera e ho avuto un'intuizione, ho pregato il cielo perché fosse quella giusta.

Ho digitato una ventina di tasti e la soluzione si è scritta davanti ai miei occhi.

Ho letto diversi articoli, scaricato e confrontato immagini, ho scartato i racconti troppo lunghi, preferendo soffermarmi sulle risposte nei forum. Ho cercato di comprendere il più possibile, ho confrontato le parole lette. Mi sono messa davanti allo specchio provando a mimare i gesti. Ho stampato tutto quello che non riuscivo a memorizzare.

Mi sono alzata, ho afferrato il cellulare e la borsa e sono scappata via da casa. Ho abbandonato dietro di me il computer ancora acceso, e le mie parole sul letto di Luce.

«Psiche non la smetteva più di guardare le armi dello sposo: con insaziabile curiosità le toccava, le ammirava, tolse perfino una freccia dalla faretra per provarne sul pollice l'acutezza, ma per la pressione un po' troppo brusca della mano tremante la punta penetrò in profondità e piccole gocce di roseo sangue apparvero a fior di pelle. Fu così che l'innocente Psiche, senza accorgersene, s'innamorò di Amore. E subito arse di desiderio per lui e gli si abbandonò sopra e con le labbra schiuse per il piacere, di furia, temendo che si destasse, cominciò a baciarlo tutto con baci lunghi e lascivi.»

Amore e Psiche

ANNI PRIMA...

Non ebbi notizie di Massimo per diverso tempo. Provai a telefonargli. Nessuna risposta. Lo stomaco mi si aggrovigliava a ogni squillo per poi precipitare nella pancia. Facevo fatica a non sentirmi in colpa. Per lui, per Carlo, fino quasi a confonderli.

Era come se le loro espressioni si fossero sovrapposte.

Alle tre del pomeriggio avevo gli occhi gonfi e rossi. Piangere non mi aveva ancora sollevata del tutto ma evitarlo era peggio. Erano lacrime piene di vergogna. Per questo più dolorose. Angela mi raggiunse nel retro della galleria.

Era il nostro *refugium peccatorum*. Era la stanza del disordine, del caffè, del caldo quando d'inverno la porta principale non restava mai chiusa abbastanza a lungo da racimolare un po' di calore, dei conti e dei segreti. Ora era diventata la stanza dei miei pianti.

Mi guardò e si sedette accanto a me. Mi sfiorò la testa e alla percezione delle sue dita io iniziai a singhiozzare, violenta e convulsa. Se l'acqua che aveva invaso tutti gli spazi del mio corpo non avesse inevitabilmente cercato una via d'uscita forse sarei stata sommersa come un argine da un fiume in piena.

Guardai Angela. Ero esausta, svuotata, persa, impaurita. Lei mi porse dei fazzoletti di carta.

Quando i miei occhi si snebbiarono le chiesi implorante: «Ora cosa faccio?».

«Non lo so, ma odio vederti così,» rispose «ti stai disamorando di tutto. Non parlo solo di Carlo, ma anche del tuo lavoro. Questa galleria era il nostro sogno, il progetto, il riscatto. Ora ti limiti ad attraversarlo senza prestargli la minima attenzione. Sembra che tu neanche ti accorga dei quadri che sposto o che vendiamo. Confondi gli artisti con i clienti.» Fece una pausa cercando i miei occhi. «Dobbiamo pensare alle vetrine per Natale, allestire le due teche dell'ingresso con i gioielli, imballare le opere da spedire e contare i trasportatori. Dobbiamo fare il programma per l'anno prossimo, aggiornare lo schedario e farci venire qualche splendida idea.» Mi fissò e con il suo tono pacato continuò: «Tu eri brava in questo, sei un'ottima socia, puntuale e previdente. Ora sembra che non t'importi più nulla». Si alzò e si diresse verso la porta ma prima di uscire si voltò e con un tono irrequieto sputò. «È solo un uomo, Viola. Ma sembra che ti abbia portato via l'anima. Ora alzati da lì e fai qualcosa, qualunque cosa ti venga in mente ma ti prego reagisci, perché, perdonami se ti faccio male, in questa situazione ti ci sei messa da sola e da fuori, te lo garantisco, ha tutto un altro sapore.» Uscì spostando la tenda da una parte e un lembo di luce mi colpì gli occhi. Li sentii bruciare e li chiusi per un attimo. Quando li riaprii, la tenda dondolava e Angela era sparita. Il buio mi avvolse di nuovo.

Appoggiai la testa tra le mani e cercai di respirare lentamente e con regolarità. La gola mi raschiava e il naso continuava a colare.

Mi guardai nello specchio e ci vidi un disastro. Gli occhi gonfi e arrossati, i capelli in condizioni pietose, la pelle opaca e le labbra screpolate. Ma dentro forse era anche peggio. Lo stomaco sottosopra, i muscoli indolenziti, e la testa che non smetteva di pulsare.

Andai in bagno e passai una spugna intrisa d'acqua gelata sopra gli occhi. La lasciai appoggiata su ogni palpebra, per alcuni secondi, tenendo la testa rivolta verso l'alto.

Poi l'abbassai e qualcosa mi si mosse dentro. Uno strano senso di nausea mi riempì la pancia prima e la gola poi. Mi girai di scatto e mi buttai sopra la tazza dove sboccai un misto di acqua e succhi gastrici.

Mi accasciai per terra ansimando. Sentivo le vene del collo pulsare. Mi alzai e misi la faccia sotto il rubinetto aperto. Afferrai il mio spazzolino e mi strofinai denti e lingua. Sputai, tamponai il viso, legai i capelli con una coda e uscii dal bagno desiderosa di luce.

Vomitai anche il giorno dopo e quello successivo. Più o meno alla stessa ora. Non mi allarmai. In attesa che Massimo si facesse vivo, avere un po' d'influenza mi teneva a distanza dalle cene organizzate da Nadiria, alle quali, sono certa, mai mi avrebbe invitata spontaneamente, se Carlo, incapace di leggere il suo odio per me, non avesse dato sempre per scontata la mia presenza. E così io e la famelica Nadiria facevamo a gara a chi spettasse sedersi alla destra di Carlo.

L'anno prima organizzò una cena per il Rotary International in un ristorante esclusivo della città. L'obiettivo era raccogliere fondi per curare i bambini affetti da poliomielite. Fu una mia cliente a parlarmene.

Era entrata in galleria perché aveva adocchiato due statuine, una realizzata in fusione di bronzo che poggiava su una base di marmo scuro. L'altra era una statuetta della dea Kali realizzata in lega antiossidante in ottone e bronzo.

«È cosa rara incontrare dei maestri artigiani ancora in grado di coniugare l'arte della fusione del bronzo con la bellezza e il forte impatto estetico» mi aveva detto senza togliere gli occhi dalle due statue.

«La precisione e l'attenzione ai particolari rende queste sculture del tutto simili agli originali» aggiunsi io. «I bronzi che vi proponiamo sono realizzati attraverso la tecnica della fusione e poggiano su basi di marmo pregiato. Il bronzo è un materiale prezioso, di durata eterna. Le nostre sculture sono in grado di dare grande valore e suntuosità alla sua casa.»

Lei si girò verso di me e scrutandomi dall'alto al basso sospirò: «Nadiria parla spesso di lei».

«Ah» non riuscii ad aggiungere altro.

«La facevo diversa» ma credo che questo le fosse sfuggito senza troppa attenzione.

Certo dovevo apparire diversa dalle descrizioni che immaginavo dipingesse minuziosamente la madre di Carlo. Probabilmente più che diversa si aspettava di incontrare una donna incolore e per nulla interessante, e per questo la sua espressione mi rallegrò.

«Ci vedremo stasera immagino? Accompagna Carlo alla cena?»

Io la guardai come se non avesse parlato con me. Ma siccome non c'era nessun altro nella stanza e Carlo era pur sempre il mio fidanzato, mormorai: «Stasera?» con la tipica espressione di chi non ha capito la domanda.

Lei fece un passo in avanti e mi raccontò per filo e per segno l'ambizioso programma della serata architettato dalla sua cara amica Nadiria.

Mi descrisse il menù già deciso da mesi, ma reso pubblico solo la sera prima, specificando che quando era toccato a lei essere la presidentessa del club aveva affittato un'intera nave da crociera per un evento di grande maestosità.

Si soffermò perplessa sulla scelta che Nadiria aveva fatto riguardo ai colori. L'azzurro era la scelta di chi non voleva sbagliare, ma non certo di chi vuole che la serata diventi un riferimento per il futuro.

Lei aveva preferito i colori caldi, dal giallo miele all'ambra, sia per i fiori che per i tendaggi.

La cara signora andò oltre, forse ignara del mio rapporto con Nadiria o forse no, e mi spiegò che l'importanza della serata non era dovuta solo alla nobile iniziativa benefica.

Alcuni imprenditori della zona avrebbero còlto l'occasione per presentare le loro giovani rampolle al jet set e qualcuna di loro prometteva davvero molto bene.

Lì intuii con chiarezza come mai l'indaffarata Nadiria, persa tra la scelta dei gamberetti alle mandorle e il vitello tonnato, avesse dimenticato di informarmi di un così importante evento. Ma Carlo? Sapeva della cena o era vittima della sua stessa madre?

Iniziai a essere curiosa e la lasciai parlare senza interromperla, mentre lei, come se fosse la regina di cuori e io Alice, elencava tutti gli oggetti che dovetti mettere da parte per i suoi regali di Natale.

Poco più tardi capii.

Nadiria aveva urlato a Carlo di essere in ritardo.

Lui l'aveva scrutata da lontano senza darle peso. Lei gli aveva allungato lo smoking appena ritirato dalla lavanderia ordinandogli di prepararsi entro pochi secondi.

Carlo aveva protestato perché le cene di sua madre non gli erano mai piaciute. Ma sua madre si mise a piagnucolare iniziando ad abbozzare scuse poco credibili e alternando espressioni colpevoli.

Aveva spergiurato di essere sicura di averlo avvertito molto tempo prima e che, comunque fosse, lei avrebbe fatto il suo ingresso trionfale appesa al braccio del suo amato figlio come tutti si aspettavano accadesse durante la cena più importante dell'anno. Cena che essendo organizzata da lei stessa, lo obbligava a partecipare assolutamente.

Era un cane che si mordeva la coda, un meccanismo perverso e senza uscita. Se lui si fosse sottratto a quel gioco, lei sarebbe precipitata.

Carlo aveva provato a imporre la mia presenza, ma sua madre, pronta come il grilletto di un revolver, gli aveva raccomandato di non dirmelo per evitarmi l'imbarazzo di non avere nulla da indossare, vista la mancanza di preavviso.

Lui provò a spiegarmelo e io abbozzai, anche se quella sera mi portai a casa la sensazione di aver perso la mano a un tavolo truccato.

Fu facile per Nadiria e io mi chiesi se anche lei, come il bronzo, avesse durata eterna.

SEMPRE QUELLA MATTINA, ore 8.00

Mi sono tirata dietro la maniglia della porta e ho sceso tutti i gradini delle scale a piccoli passi veloci e scattanti. Sono rimbalzata a piedi uniti davanti al portone e mi sono girata dandogli le spalle. Ho frugato in borsa e ho afferrato le chiavi. Le ho osservate e ne ho scelta una piccola e colorata di giallo. Ho girato intorno alle scale e superato gli ascensori. Mi sono diretta verso la porta di metallo grigia. Ho guardato il Ficus benjamina che le viveva accanto e ho sorriso perché se una pianta originaria delle zone tropicali dell'Asia riusciva a sopravvivere, mantenendo un portamento così elegante, in un luogo come quello, forse era vero che la vita era solo un'occasione da sfruttare al meglio.

Ho inserito la chiave e ho aperto, ho acceso la luce con l'interruttore a destra, dove lo ricordavo. Ho sceso altre scale fino a un corridoio cercando il nostro numero.

Quando avevamo comprato la casa, tuo padre mi parlò della cantina e della grande utilità che questa avrebbe avuto nella nostra vita. Io mi preoccupavo solo della luminosità e dello spazio per il divano più comodo.

È così, Luce, gli adulti parlano di cantine e box, i ragazzini del divano e della televisione.

Aveva ragione lui.

Ho aperto la porta di quella piccola stanza senza finestra e mi sono guardata intorno. Ho cercato di ricordare dove avevo messo quello che mi serviva. Ho iniziato a spostare tutto, i tuoi libri delle elementari e le tue pagelle, i pattini e il cesto da basket, le valigie con ancora attaccata la sigla dell'ultimo aeroporto attraversato e gli scarponi da sci, il mio abito da sposa e il tuo triciclo. Tuo padre non butta via nulla della tua vita.

Ecco perché ama questa stanza. Perché sa cosa trovarci.

Mi sono sollevata sopra una scatola rigida, sostenendomi alla scaffalatura di metallo, e sono arrivata con la mano destra in fondo al ripiano.

Ho tirato verso di me un cartone con il nome di tuo nonno scritto sopra.

L'ho trovata.

Ho ripensato a mio padre, al suo lavoro da guardia giurata e a quanto avessi odiato quel mestiere, le sue divise stese ad asciugare sul terrazzo, i turni di notte per guadagnare qualche soldo in più e i discorsi bisbigliati per non disturbare il suo sonno pomeridiano.

Dicono che i figli siano destinati a ripetere gli stessi errori contestati ai genitori, ma io sono riuscita a rompere anche questo schema, Luce, perché tu avrai sempre un padre che ti starà vicino, costi quel che costi.

Ho allungato una mano dentro la scatola con le parole di mia madre nella testa: *«Non toccare mai la pistola di tuo padre, Viola! Puoi farti molto male!»*.

Era la risposta alla mia domanda e io avevo vissuto abbastanza da riconoscerla.

Sì, può fare molto male.

Improvvisamente tutto cambia. Una giornata tranquilla si trasforma in qualcos'altro, in un giorno che non dimenticherai mai. Una data ti si incide tra i ricordi e lentamente diventa indelebile. In una giornata tranquilla puoi perdere chi ami, scoprire di essere incinta, trovare un lavoro, rifarti il naso, essere coinvolto in un incidente, cadere, prendere una pasticca di cui ignori il contenuto o recuperare quella scatola che mai avresti immaginato ti sarebbe servita.

ANNI PRIMA…

La mia strana influenza sembrava continuare.

Facevo fatica a digerire e avevo forti dolori di stomaco associati a bruciori. Mi sentivo stanca e assonnata.

«Sei strana. Dovresti andare dal medico prima che la situazione peggiori. Magari è una cosa da nulla ma trascurarla non mi sembra una buona idea.» Angela mi girava intorno guardinga mentre ero intenta ad arrotolare il nastro di seta per finire di preparare i regali di Natale che ci erano stati commissionati dai nostri clienti.

Eravamo vicini alle feste e la sua idea di esporre una collezione di vetro soffiato piacque moltissimo.

Le palle di cristallo erano bellissime e per nostra fortuna erano andate in esaurimento già due volte. Riordinarle in quel periodo non era stato semplice.

Angela aveva implorato la fabbrica di fornirci una consegna extra prima di Natale e l'aveva spuntata con una piccola maggiorazione di prezzo.

Era contenta e si vedeva.

«Dopo Natale vado a farmi vedere. Ora come faccio a lasciarti sola con questo casino?»

Lei annuì serafica con l'espressione di chi sta già pensando ad altro.

Infatti, come un improvviso di Chopin, la porta si spalancò e Luca riempì la stanza e i nostri sguardi.

«In una giornata fredda cosa c'è di meglio di un sorso di assenzio?»

Noi lo guardammo incredule. Lui aprì la scatola che portava sottobraccio, ne estrasse tre bicchieri e una bottiglia che sembrava contenere smeraldo allo stato liquido.

Angela socchiuse le labbra mentre un soffio d'aria, che sapeva di resa, le attraversò.

Finalmente l'aveva capito cosa le piaceva di quel piccolo uomo con l'aria da furbetto che da parecchio tempo non le dava tregua. Faceva le cose che meno ti saresti aspettata con la naturalezza di un bambino.

Io mi alzai, lo guardai complice e mormorai: «Peccato, io odio l'anice, solo l'odore mi nausea, quindi vi lascio soli, mio caro Edgar Degas» e mi allontanai.

Le sue labbra disegnarono il tipico sogghigno di chi sta per vincere la partita, dato che il re avversario non può sottrarsi alla cattura.

Camminando verso il retro pensai che l'atmosfera francese decadente e il contenuto alcolico dell'assenzio oltre il sessantacinque per cento l'avrebbero fatta capitolare velocemente. Luca mi piaceva moltissimo, anche se con la sua presenza i miei piani si sarebbero complicati.

Se Angela si fosse fidanzata con lui, avrei avuto molte più difficoltà a utilizzarla come scusa, per non parlare dell'inevitabile amicizia che si sarebbe creata con Carlo.

Dondolai fino alla porta del bagno dove l'odore di anice mi raggiunse, attraversò le mie narici fino alla testa che iniziò a girare insieme al resto della stanza.

Non ricordo molto. Devo aver perso l'equilibrio e come un aereo che precipita senza controllo mi sono schiantata al suolo, colpendo il tavolo con la schiena prima e con la testa al secondo rimbalzo.

Angela e Luca accorsero verso quel suono sordo, simile alla caduta libera di un corpo morto.

Angela mi sollevò una mano e iniziò a pronunciare il mio nome con tono isterico. Luca cercò di girare leggermente la mia testa per vedermi gli occhi. «Aiutami a sdraiarla sulla schiena e alziamole le gambe.» Prese fiato e si concentrò: «Dobbiamo slacciarle la cintura, è troppo stretta, mettiamole un panno freddo sulla fronte e sul viso». Io rimasi immobile come una marionetta tra le sue mani.

«Chiama un'ambulanza» le ordinò in tono perentorio. Angela iniziò a tremare come una foglia e non si mosse. «Sbrigati» tuonò Luca e lei scattò in piedi come una molla. Afferrò il telefono dopo aver scavalcato le scatole aperte appoggiate per terra e cercò aiuto.

Pochi minuti dopo un operatore sanitario e un'infermiera attraversarono la porta della galleria dove Angela si era appostata.

«Cos'è successo?»

«Non lo sappiamo con esattezza. Abbiamo sentito un tonfo e l'abbiamo trovata così.»

«Ha bevuto?»

«No, da qualche giorno è influenzata e l'odore di anice le faceva venire la nausea.» Lo disse stringendo la mano di Luca.

«Ma è incinta?»

«No...» rispose Angela in modo automatico. Poi, come se avesse trovato l'ultima tessera di un puzzle, esclamò: «Oh mio Dio, ha vomitato diverse volte, non digerisce e...». Alzò gli occhi per appoggiarli dentro quelli di Luca come se volesse condividere un segreto.

«Il respiro è affaticato, il polso debole, il volto pallido.» L'infermiera guardò l'uomo seduto accanto a me e continuò: «Meglio trasportarla al pronto soccorso».

Le mie palpebre iniziarono a traballare e il buio cominciò a schiarirsi. Sentivo le orecchie tappate come se me le avessero riempite di cotone e poi l'acqua le avesse stagnate completamente.

I sanitari mi sollevarono mentre io cercavo di portarmi la mano sulla fronte imperlata di sudore per eliminare un fastidio. Ricordo di aver guardato Angela mentre allungava una mano verso di me.

«Luca, vai con lei. Io chiudo e vi seguo.» Poi verso di me: «Stai tranquilla. Si risolve tutto».

Mi sentivo ondeggiare in modo fastidioso, poi mi parve di scivolare quando uno degli operatori salì sull'ambulanza sollevando la parte anteriore della lettiga.

La fissarono a dei supporti e mi legarono con delle cinture rossastre.

Rimasi in silenzio il più possibile.

«Come si sente?»

«Strana. Mi fa male la testa.»

«È caduta e ha sbattuto contro il tavolo. Nulla di grave ma è meglio metterci un po' di questo.» Lo disse spezzando la busta di nylon del ghiaccio istantaneo.

«È incinta?» con tono quieto come se fossimo vecchi amici.

Quella parola si allargò come una macchia d'olio dentro il mio cervello, penetrando ogni interstizio.

«Cosa?» ma sembrò più un suono instabile che una domanda.

«Non lo sa? Allora prima di toccarla sarà meglio esserne certi. La sua amica dice che non sta bene da qualche giorno.»

«Pensavo fosse influenza e...» Il silenzio improvvisamente foderò lo spazio tra noi e io mi sentii pietrificare dalla paura. Iniziai a mettere insieme alcuni fotogrammi e, come se avessi unito dei puntini sparsi, magicamente riuscii a distinguerne il disegno.

«Signorina, abbiamo i risultati degli esami. Lei è incinta! Congratulazioni!» Un giovane uomo in camice bianco entrò nella piccola stanza in cui mi ero sdraiata durante l'attesa.

Girai la testa verso di lui e lo guardai negli occhi senza dire una parola. Cercai di trattenermi dal piangere come una bambina. Ero smarrita.

Angela comparve con una tazza di caffè in mano. Guardò l'espressione impensierita del dottore e la mia. Ero sul punto di scoppiare in lacrime.

Lui approfittò del suo arrivo e guardandoci a turno continuò: «Ha la pressione un po' bassa e deve riposare molto. Le consiglio di prendere del magnesio, almeno duecento milligrammi al giorno, per quindici giorni, e fissi un appuntamento con il suo ginecologo il prima possibile. Vorrei che restasse qui ancora per qualche ora, per precauzione, e dopo potrà andare a casa».

Poi, muovendosi verso la porta, incrociando gli occhi di Angela: «Niente sforzi, niente sport, niente stress, mi raccomando».

Lei annuì.

Si sedette in silenzio accanto a me sul letto. Appoggiò la mano sulla mia gamba. Io portai le mani al viso e guardai il soffitto. Le lacrime iniziarono a riempirmi le dita, i palmi, le guance e le labbra.

Ci guardammo incapaci di colmare quel silenzio claustrale.

La mia testa si gremì di immagini. Mi sentivo come se avessi ingoiato un sasso.

Angela schioccò le dita perché io la guardassi.

«A cosa pensi?»

«Non lo so. Credo a nulla. O a tutto.»

«Vuoi parlare?»

«È che non so cosa dire.»

«Dovresti chiamare Carlo.»

«Carlo?» mi girai come se non avessi capito di cosa stesse parlando.

«Carlo, sì. Hai presente il tuo fidanzato? Quello carino che ti sopporta da quattro anni?» Spostò la testa di lato e aggiunse: «Preferisci dirlo prima a Nadiria? Farà i salti di gioia». Sbuffò un sorriso ma il suo tentativo di sollevarmi il morale cadde nel vuoto.

Appoggiai la schiena al cuscino e la fissai. «Non è di Carlo» sussurrai.

Angela s'irrigidì come se l'avessero frustata. «Cosa dici? Sei impazzita? È uno scherzo, vero?» Poi si fece seria: «Oh mio Dio Viola, non può essere,» i suoi pensieri si schiantarono uno sull'altro «non avete usato delle precauzioni?».

Il mio singhiozzare felpato le rispose.

Asciugai gli occhi con un lembo del lenzuolo e provai ad avvicinarmi a lei. «Non so cosa fare, mi sembra che sia tutto un sogno e vorrei tanto svegliarmi.»

«Dio Santo, Viola, ma dove avevi la testa?»

«Non lo so.»

«Sì, ma ora sei incinta e il padre non è il tuo fidanzato. Come pensi che la prenderà Carlo? Hai idea del dolore che proverà? Quell'uomo ti adora, per te farebbe qualunque cosa ma questo sarebbe troppo anche per lui. E sua madre non aspetta altro. Tappezzerà la città con il tuo nome e la parola traditrice accanto.»

Rimasi zitta fissando la porta.

Lei continuò: «Per non parlare dei tuoi genitori. Viola, non puoi affrontare tutto questo». Si avvicinò a me e io ebbi un brivido.

«Forse dovrei prima parlarne con Massimo.» Fu come il suono di una chitarra scordata.

Angela si alzò in piedi: «Pensaci bene, lui potrebbe non volerlo, sono più le volte che non si fa trovare, che diavolo di padre credi che sarebbe?».

S'inginocchiò sul letto. «Viola, è stato un errore, un'avventura, un gioco, lo dicevi anche tu, non andare oltre. Ragiona. Non sarai mai al sicuro con quell'uomo, non lo conosci nemmeno, non sai nulla di lui.» Poi concentrandosi sulla vera questione aggiunse: «Se per te è difficile, pensa al bambino. Carlo è il padre giusto, non un perfetto sconosciuto con il quale hai solo condiviso, qualche volta, il letto...».

Al suono di quelle parole mi alzai, afferrai la borsa e iniziai a correre. Angela mi guardò sparire attraverso la porta e rimase con le labbra socchiuse e gli occhi sbarrati come se avesse appena assistito a un incidente.

Superai le scale e continuai fino alla porta principale, quando mi si chiuse alle spalle mi stavo guardando intorno.

Mi precipitai oltre il cancello. Evitai un paio di auto e mi diressi verso la fermata dei taxi. Salii sul primo. Era una Lancia Dedra, versione quattro porte e tre volumi ma mi sembrava l'auto più lenta su cui avessi mai viaggiato.

Il traffico iniziava ad aumentare e a ogni sosta al semaforo sentivo un impeto febbrile salirmi dallo stomaco e trasformarsi in un NO.

Il tassista non prestò nessuna attenzione al mio stare appoggiata tra i due sedili anteriori con gli occhi un po' concentrati sulla strada e un po' sull'orologio.

Arrivammo a destinazione, pagai la corsa e scesi senza salutare. Il taxi sparì alle mie spalle mentre io guardavo le finestre spalancate al secondo piano e il cuore mi lievitò come l'impasto del pane prima della cottura.

Mi infilai nel portone. Una signora lo tenne fermo per lasciarmi entrare. Mi salutò cordialmente. Io le sorrisi assente.

Attraversai l'atrio e facendo scorrere le dita sulle cassette delle lettere mi accorsi che mancava il suo nome. Mi chiesi se c'era mai stato, se mi fossi mai soffermata a guardarci. Ebbi di nuovo la sensazione di avere ingoiato un sasso. Guardai le scale e salii i gradini uno per volta tenendomi al corrimano.

Rimasi davanti alla porta osservando prima la maniglia, poi lo spioncino, lo zerbino e gli stipiti. Avvicinai il dito al campanello più volte senza mai suonare. Pensai a cosa avrei detto appena l'avessi avuto davanti. Avrebbe capito da solo? Sarebbe bastato il mio sguardo luminoso? Si sarebbe emozionato? Magari avrebbe pianto e mi avrebbe abbracciata. Volevo cogliere l'espressione nei suoi occhi, volevo guardarlo mentre le sue pupille si fossero ristrette come colpite da un fascio di luce.

Raccolsi tutte le mie forze, feci un lungo respiro e appoggiai l'indice sul campanello, prima con delicatezza, e poi con maggiore forza.

Un doppio squillo, quindi un istante di assenza di rumore, sia fuori che dentro di me.

Avvertii dei passi avvicinarsi alla porta. Il mio corpo iniziò a incendiarsi. Sentivo la bocca asciutta. Mi chiesi se fossi ancora in tempo per scappare, ma sapevo che non sarei mai riuscita a farlo.

Sobbalzai quando la serratura emise uno schiocco secco e tagliente. Fissai il bordo della porta aderente allo stipite sinistro aspettando che la luce li separasse e finalmente avrei avuto le mie risposte.

La porta si aprì. Io preparai un sorriso che mi si spezzò tra i denti.

Abbassai lo sguardo perché gli occhi che mi fissavano in modo interlocutorio erano quasi alla mia altezza.

Una giovane donna con i capelli legati in una coda si era appena materializzata davanti a me. Aveva una tuta rossa e le scarpe da ginnastica.

«Desidera?»

«Io...» la guardai perplessa in preda alla totale confusione, come se a teatro qualcuno mi avesse detto che mi ero seduta al suo posto. «Mi scusi, forse ho sbagliato appartamento. Cercavo Massimo.»

«Non ha sbagliato, abita qui, ma ora non c'è.» Deglutì e continuò: «Vuole lasciare un messaggio? Chi devo dire che è passato?».

«Mi chiamo Viola.» Continuai a parlare perché avevo paura che potesse sentire il mio cuore battere. Avevo pensato a tutto tranne a inventare una scusa. «Gli avevo chiesto di farmi delle foto per il mio matrimonio e non ho più avuto sue notizie, così sono passata, mi scusi non credevo che...» Avvertii le mie guance prendere fuoco.

«Che avesse una moglie? Non lo credono in tante» mi rispose lei con l'aria di chi non ha nessuna intenzione di combattere.

«Gli dirò che è passata, ora mi scusi ma ho parecchie cose da sbrigare.» Stava per chiudere la porta quando la vidi esitare, la riaprì sicura di trovarmi ancora lì, completamente annichilita. «Comunque mio marito non fa il fotografo di professione. Mi dispiace che gliel'abbia fatto credere. Buonasera.» E il colpo secco della porta mi rimbalzò direttamente nella scatola cranica.

Indietreggiai di qualche passo, provai confusione, disagio, perplessità, vergogna, fastidio, incertezza, indecisione, pesantezza, soggezione, turbamento. Tutto in un corpo solo.

Sentii il desiderio di sparire velocemente, ma le mie gambe sembravano immerse in una colata di cemento.

Scesi le scale lentamente senza mai voltarmi indietro. Attraversai l'atrio chiedendomi cosa avrei fatto se lui fosse entrato in quel momento. Il portone si spalancò e io sussultai sgranando gli occhi. La donna di prima ne riempì lo spazio tenendo per mano una bambina che si trascinava dietro una bambola di stoffa con le gambe lunghissime.

Le guardai passarmi accanto.

Mi sfiorai la pancia. Per tutto il tempo trascorso dentro quel palazzo non avevo mai più pensato alla mia pancia e capii che quello non era il solo motivo per cui ero arrivata fin lì.

Mi accorsi che ormai era buio e ne fui contenta, la sensazione di avere luce addosso non mi sarebbe piaciuta.

Barcollai fino alla fermata dell'autobus e mi sedetti ad aspettare.

Cercai di non guardarmi troppo intorno. Sapevo che sarebbe bastata la caduta di uno spillo per farmi esplodere in qualcosa di incomprensibile, patetico, spaventoso, pietoso e triste.

Ma non puoi fare molto quando hai la sensazione che ti stiano tagliando in tanti piccoli pezzi.

Ero senza biglietto ma la cosa non mi fece lo stesso effetto di sempre. Se prima non sarei mai salita abusivamente su un mezzo pubblico, ora quel pezzetto di cartoncino e la regolamentazione comunale mi sembravano solo un dettaglio, una cosa di poco conto.

Ecco cosa accade quando aspetti un figlio, l'ordine delle tue priorità ti sembra improvvisamente stupido.

Entrai in galleria poco dopo. Angela mi corse incontro e mi avvolse in un caldo abbraccio.

Fu lì, dove tutto mi sembrava finalmente appartenermi, che mi lasciai andare.

Piansi.

Mi accasciai su una sedia perché le mie gambe avevano fatto fin troppo e mi stavano per abbandonare. Anche loro.

Angela si precipitò a chiudere il negozio, la guardai uscire dalla porta e abbassare la saracinesca grigia fino a metà, passarci sotto e appoggiarla fino a terra.

Ci chiuse dentro al nostro guscio e rimanemmo là tutta la sera finché, dopo ore di singhiozzi strozzati, riuscii a raccontarle quello che era successo.

La vidi stringere gli occhi e portare la mano alla bocca, accarezzarmi le braccia, alzarsi e scaldare l'acqua per il tè, abbracciarmi senza dire una parola.

Angela mi avvicinò la cornetta del telefono e io composi il numero di Carlo. Aveva chiamato diverse volte durante la mia assenza. Non aveva avuto mie notizie per tutto il giorno. Era preoccupato, lo avvertii dal leggero tremolio con cui pronunciava le parole.

Angela gli aveva raccontato, utilizzando una certa cautela e omettendo la gravidanza, dell'incidente di poche ore prima e lui si era arrabbiato con lei perché non lo aveva avvertito immediatamente.

Sgridò anche me appena udì le mie parole, mentre io mi chiesi per quanto tempo avrei continuato a mentirgli.

Provai a camuffare la voce il più possibile. La sua divenne pian piano più sottile e calda.

Parlammo per un po', non ricordavo da quanto tempo non accadeva. Mi raccontò del suo esame alle porte e di una tesina di cui non riusciva a reperire il materiale da nessuna parte.

Poi tagliando in due il racconto mi chiamò: «Viola?».

«Sì?»

«Mi manchi.»

Lo ascoltai.

«Anche tu» ed era vero.

Riuscì a calmarmi, era come se mi avessero consegnato il premio di consolazione, quindi non potevo essere troppo triste per la sconfitta. Fu così che anche quella sera Carlo sistemò tutto.

Era inconsapevole e io, facendo scivolare le dita leggere sui dodici tasti della tastiera del telefono, decisi che lo sarebbe rimasto.

Per me, per lui, ma soprattutto per te, Luce.

Elisabeth Kübler-Ross ha spiegato che l'elaborazione di un lutto o di un dolore avviene attraverso cinque fasi, il rifiuto, la rabbia, la negoziazione, la depressione e l'accettazione.

Il rifiuto, perché accettare che sia vero è impensabile, perché serve tempo per organizzarsi.

La rabbia arriva. Ci dà la forza di reagire. Facciamo tutto quello che crediamo utile per tornare indietro, per avere giustizia, per un solo giorno in più, per una speranza. Preghiamo e invochiamo una soluzione, una qualunque, purché serva a calmare il nostro dolore. Ma quando ci accorgiamo che nulla può cambiare ci sentiamo sconfitti e disperati, e abbiamo solo voglia di lasciarci andare. Soltanto così possiamo accettare che quel male diventi parte della nostra vita.

Sapevo esattamente dove mi trovassi io, ma non capivo dove si fosse perso Carlo.

Quella sera non vomitai nonostante fosse l'unica cosa che avessi voglia di fare e mi trascinai quella sensazione di nausea per tutta la notte.

La dipendenza altera i comportamenti.

Una semplice abitudine si trasforma in una ricerca esasperata. La ricerca di quello che ti dà piacere. Ma a un certo punto qualcosa cambia e la rotta s'inverte. Smette di farti bene e inizia a farti male. Ogni giorno di più perché, purtroppo, per quanto ci stia lentamente uccidendo rinunciarci è peggio.

L'amore è una dipendenza.

«Tutti si precipitavano a vederti quando apparivi in pubblico e le donne ti seguivano con gli occhi voltando indietro il capo quando ti incrociavano per la via [...]. Quale regina, quale donna potente non invidiava le mie gioie e il mio letto? Avevi due cose in particolare che ti rendevano subito caro: la grazia della tua poesia e il fascino delle tue canzoni, talenti davvero rari per un filosofo quale tu eri [...]. Eri giovane, bello, intelligente.»

Abelardo ed Eloisa

QUELLA MATTINA, ore 8.45

Erano passate più di due ore. L'alba era diventata mattina e tuo padre non mi aveva telefonato, nulla era accaduto nella tua stanza d'ospedale. Per quanto fosse infuriato con me, per quanto la nostra vita si fosse spezzata in due frammenti incompatibili, lui non mi avrebbe mai escluso da te. Forse non mi avrebbe chiesto dove ero andata e perché, ma sarei stata la prima ad avere notizie su ogni cambiamento delle tue condizioni di salute.

Io ero tua madre e lui questo lo avrebbe rispettato.

Mi sono fermata davanti alla porta scorrevole dell'ospedale, ho alzato gli occhi e cercato la tua finestra, come la sera prima, quando stavate nella tua stanza a scrivere la tesina di storia. Era come se foste ancora lì, insieme. Ho provato a immaginarvi e ci sono riuscita così bene che, con gli occhi pieni di lacrime, mi sono messa a ridere sentendo il tuo nome gonfio come un singhiozzo in gola.

Le porte si sono spalancate e un ragazzo è uscito appoggiandosi alle stampelle, accompagnato dalla voce della madre, piccola e graziosa, con gli occhi scuri e dardeggianti come quelli degli uccelli: «Vai piano, Marco, o ti farai male» e senza che lui rallentasse lei gli è corsa dietro con la dovuta dedizione.

Lo avrei fatto anch'io.

Sono entrata e ho ripercorso la strada di poche ore prima come se riavvolgessi il nastro, dalla fine all'inizio. Non ho corso questa volta, perché non era più necessario. Ho camminato nel modo più naturale possibile, cercando di passare inosservata ai più e trascinandomi dietro una borsa che era più pesante del solito.

Ho intuito perché la maggior parte della gente consideri l'ospedale un posto ostile. Non era difficile, non si respirava.

Mi sono fermata davanti al vetro che ti separava da tutti gli altri. Ho guardato te e poi lui. Mi sono chiesta se tutte le persone che si avvicinavano al vetro vedessero la stessa immagine che vedevo io.

Tuo padre teneva la testa vicino alla tua mano. Indossava camice e calzari. Eri rimasta in stato di incoscienza tutto il tempo. Profondamente addormentata. Sembravi ancora più minuta sotto le lenzuola bianche. Ogni tanto la tua mano si muoveva e tuo padre alzava la testa, ti guardava sperando che tu aprissi gli occhi e gli sorridessi.

Mi sono domandata a cosa stesse pensando. Mi sono risposta subito. Da quando eri diventata così grande? Lui non se n'era ancora accorto.

Ho provato ad aprire la porta, ma un'infermiera mi ha fermata. «Non può entrare così, deve lavarsi le mani e indossare calzari e mascherina, mi segua, l'aiuto a prepararsi, ma deve comunque aspettare che suo marito esca della stanza.» Ha fatto una pausa. «Non più di un visitatore alla volta, è il regolamento, mi spiace» facendomi segno di seguirla.

«Non importa, lasci mio marito dentro, io...» le parole mi si sono gelate in gola. «Io la vedrò dopo» avrei voluto dire, ma non ci sono riuscita. L'infermiera mi ha guardata stranita. Era facile capire cosa avesse in mente mentre mi fissava. Cosa si pensa di una madre che aleggia in un corridoio senza sfiorare sua figlia, delegando ogni vicinanza al padre che, se potesse, si farebbe legare al suo letto?

Ha emesso un gemito e si è allontanata verso altri doveri. Io sono rimasta lì e per un solo attimo una sensazione piacevole mi ha avvolta, come un velo di seta.

Ti ho lasciato al sicuro.

Ho preso il telefono, ho fatto scorrere il cursore sulle ultime chiamate fatte. Dopo il nome di Angela c'era un intruso tra quello di Luce e quello di suo padre. Era l'uomo con cui avevo passato la notte. Mi ha fatto male come se mi avessero preso a sassate. Ho chiuso gli occhi e l'ho cancellato.

Per sempre.

Ho spostato il cursore e inviato la chiamata. Ha risposto la segreteria telefonica, e mentre la voce metallica ripeteva le cifre del numero che avevo scelto, ho appoggiato la testa contro il muro e mi sono tappata l'orecchio libero con un dito. Ho preso fiato e, avvicinando il cellulare alla bocca, ho lasciato la mia traccia sonora sperando che l'avrebbe tenuta sempre con sé.

Ho appoggiato le labbra al telefono e avvertito un sapore metallico, un po' acre e un po' dolce. Non avevo capito che quello fosse il sapore della speranza.

Improvvisamente un corpo mi ha urtato. Mi sono girata senza ricevere scuse. Ho guardato quel camice bianco, seguito da altri due alla stessa velocità, precipitarsi nella stanza di Luce. Il suono allarmato della macchina a cui eri attaccata mi ha trapanato la testa per i pochi istanti nei quali la porta è rimasta sospesa tra me e voi.

Il tempo si è come fermato. Avete presente quando state al volante della vostra auto e la sentite scivolare sull'olio o evitate un'altra macchina per un soffio e immediatamente vi ritrovate il cuore in gola che batte all'impazzata?

Ho guardato Carlo ancora aggrappato alle lenzuola, mentre due infermieri tentavano di allontanarlo, abbracciandolo come se fosse un loro amico.

Ho cercato di raccogliere quel poco di ragione che mi restava e ho scritto un messaggio: «*Corri subito all'ospedale centrale, abbiamo bisogno di te ora più che mai. Ti voglio bene. Viola*».

Poi il telefono mi è scivolato dalla mano, l'ho sentito rimbalzare a terra metallico e senza guardare mi sono messa a correre contro il tuo tempo che aveva iniziato il conto alla rovescia.

ANCORA ANNI PRIMA…

Entrai nella sua stanza, completamente tagliata in due. Metà di me voleva dire: «Carlo ho scoperto di essere incinta e mi dispiace ma dobbiamo lasciarci», l'altra si sarebbe fermata alla prima frase. Ma davanti a lui non trovai il coraggio e come al solito iniziai una cosa rimanendoci impigliata dentro.

Carlo cambiò espressione. Il suo volto si riempì di dolcezza. Si avvicinò a me e mi sfiorò come se io fossi di porcellana. «Oh mio Dio, davvero?» e mentre la sua voce si annodava in una corda di emozioni mi strinse a sé. «Ho sempre pensato che avremmo avuto figli, Viola, solo non pensavo di essere stato così bravo!» e scoppiò a ridere, mentre io mi pietrificavo velocemente.

Ruppe il mio silenzio, mi guardò negli occhi e disse: «Non intendevo dire che è troppo presto, Viola, io già lo amo e mi prenderò cura di voi, qualunque cosa accada io vi proteggerò per sempre». Poi baciando le mie labbra immobili aggiunse le parole: «Fidati di me», che mi colpirono come una pioggia di proiettili.

E il sogno di ogni giovane donna divenne la mia realtà.

Quando tua nonna udì le parole: «Viola è incinta», la prepotenza del suo volto si sgretolò. Quando poi le sue orecchie furono obbligate ad ascoltare: «e abbiamo deciso di sposarci» dovette addirittura sedersi.

Riuscì a impedircelo chiedendo a Carlo di sposarsi solo dopo essersi laureato, nel frattempo loro avrebbero provveduto al nostro mantenimento permettendoci di vivere in una casa di loro proprietà.

Il piano di tua nonna era chiaro come i primi raggi del giorno: prendere tempo, sperando che qualcosa tra di noi si incrinasse, sperando che io mi svelassi per quella che lei credeva fossi, sperando che Carlo incontrasse finalmente la donna giusta.

Carlo accettò e continuò i suoi studi mentre io mi ammutolivo mese dopo mese.

Un giorno restammo sole per alcuni minuti. Io evitavo situazioni simili cercando di rimanere appiccicata a Carlo come un vestito umido sulla sua pelle, perché temevo quella donna più di ogni altra cosa al mondo. Ho sempre creduto che in qualche modo lei sapesse la verità, l'avesse capita, sognata, intuita, percepita o semplicemente letta in un giro di carte.

Carlo andò a rispondere al telefono e io rimasi immobile, sprofondata nella vecchia ottomana dei primi del Novecento, completamente restaurata e sfoderabile. La madre di Carlo portava i capelli raccolti in una crocchia dietro la testa e una grossa montatura nera arricchita da strass e piccole perle.

Si piegò in avanti come se volesse afferrare la zuccheriera sul tavolo che ci separava, ma con il solo intento di ridurre la cassa di risonanza che mi distanziava da lei, per far sì che le sue parole arrivassero solo a me taglienti come spade: «Sarei capace di strapparti il ventre se scoprissi che...». L'avvicinarsi della fragranza della voce di Carlo la bloccò e lei sorridendo disse: «Altro zucchero cara?».

Lì capii che farmi male andava bene fino al punto in cui questo non avesse fatto male a Carlo. Lei teneva in pugno me perché io tenevo stretta lei.

«No, grazie.» Senza aggiungere altro e senza sorridere, perché ero cresciuta in una famiglia dove se non parlavi di un problema, quel problema non esisteva.

Mia madre se n'era andata all'improvviso per una malattia che l'aveva distrutta per anni. Ma tutto era passato sotto silenzio per non turbare noi figli.

I mesi che seguirono furono il mio alibi. Mai un mio sorriso, mai un mio gesto di gioia, mai il goffo tentativo di sentirmi madre. Mi nascondevo dietro i sintomi di una gravidanza difficile. Sapevo che Carlo avrebbe assecondato ogni mio capriccio, e trovato ogni giustificazione ai miei comportamenti bizzarri.

Ciondolavo tra il letto e il divano.

Stavo male davvero. Ma non per quello che doveva essere, non per le nausee, i mal di stomaco, il seno turgido, la tensione addominale, la pesantezza, il gonfiore agli arti inferiori e i giramenti di testa. No, io stavo male perché ero incastrata, conficcata, inserita, bloccata e imprigionata nella vita di un'altra. Non la mia. Era come essere sul vagone di un treno in corsa che non fa fermate. Troppo rischioso scendere. Difficile anche solo provarci.

Se sei disposto a perdere tutto ciò che hai per ottenere ciò che vuoi sei appena entrato in un circolo vizioso, perché ciò che hai non è altro che tutta te stessa.

Sono entrata nella stanza del dottor Longani. *«Codice rosso» ha detto un'infermiera.* Il dottore mi ha guardato con sospetto. *«Non sento il battito.»* Ho barcollato incerta sui tacchi. «Signora, cosa ci fa qui?» *«Bisogna intubarla.»* Non ho risposto e ho aperto la borsa. *«È itterica.»* L'ho fissato negli occhi. *«Qualcuno chiami il dottor Longani.»* È saltato in piedi appena mi ha vista con la pistola in mano. *«I livelli di bilirubina sono troppo alti» ha tuonato un camice bianco.* «Ma cosa intende fare? È impazzita?» *«Somministratele 100 mg di Fenobarbitale in vena.»* «Mi deve aiutare, dottore, la prego.» *«Abbiamo bisogno di altri esami, sodio potassio e transaminasi subito, non c'è tempo da perdere, sbrigatevi.»* Ho sentito la paura arrampicarsi lungo le mie gambe. *«La temperatura è troppo alta!»* «Posi quell'arma immediatamente!» *«Voglio una radiografia toracica, elettrocardiogramma, ecocardiogramma.»* «Mi ascolti, non c'è molto tempo.» *«Chiamate anche il centro trapianti, abbiamo bisogno di risposte o non ce la farà.»*

«C'è la ragione, la ragione, anima mia – ma non la dirò davanti a voi, vergini stelle – la ragione. Pure, io non verserò il suo sangue, né toccherò quella pelle più bianca della neve, levigata come il funebre alabastro. Ma deve morire, o tradirà altri uomini. Spegni la luce, e poi... spegni la luce. Se io estinguo te, ministro fiammeggiante, posso riavere la tua luce se mi pento; ma una volta spenta la tua luce, o modello perfetto della perfetta natura, io non so dove posso ritrovare la prometeica scintilla che riaccenderebbe la tua luce. Quando colgo la rosa, non posso più renderle la forza vitale, essa appassisce. Voglio sentire il tuo profumo sullo stelo. (La bacia.) Oh, balsamico alito, che persuaderebbe la giustizia a spezzare la sua spada! Uno ancora, un altro. Sii così quando sarai morta, ed io ti ucciderò per amarti poi. Uno ancora, ed è l'ultimo: cosa tanto mortale non fu mai così dolce. Debbo piangere, ma sono lacrime spietate. Questa tristezza è divina, colpisce dove ama. Ecco, si desta...»

Otello e Desdemona

ANNI PRIMA: ancora…

Sei nata il 25 agosto 1994, e tuo padre non poteva esserne più felice. Secondo lui era il giorno più «astronomico» del calendario.

«Ti rendi conto, Viola? Oggi è il giorno in cui Galileo Galilei presentò il suo primo telescopio e un secolo dopo fu scoperta la Galassia del Triangolo!»

«Ma come fai a ricordarti queste cose?» La risposta era ovvia, nella sua testa c'era posto per tutto.

Poi, qualche giorno dopo, mentre sfogliava un grosso tomo, lo sentii esclamare: «È incredibile! Senti qua, il 25 agosto del 1981 la sonda spaziale Voyager 2 ha raggiunto Saturno! Lo vedi che è un segno del destino! La mia è una figlia astronomica!» e la sua risata riempì tutta la stanza.

Così mentre lui ripeteva quanto fosse un giorno speciale, io ti stringevo al seno per appiattire il mio dolore. Ora c'eri tu che sapevi di liquirizia e borotalco.

Un giorno passeggiavo sul balcone, tenendoti in braccio e dondolandoti sperando che tu riuscissi a calmarti. Tuo padre attraversò la porta a vetri e ti sfilò dalle mie mani. «Cos'hai intenzione di fare, Viola?»

«Nulla» lo guardai sconcertata. Era la prima volta che lo vedevo così. Si sarebbe messo tra te e un proiettile pur di salvarti.

«Cercavo solo di calmarla, non ha smesso di piangere e…» mi bloccai e guardai il suo viso. Aveva le guance in fiamme e gli occhi lucidi.

«Carlo, tu hai paura di lasciarla sola con me? Cosa credi che voglia farle?» Aprii le braccia e scrollai la testa incredula.

«Mi dispiace, Viola, io non volevo insinuare nulla, solo a volte ad alcune donne capita dopo il parto di subire uno stress molto forte e...»

«E hai paura che io le faccia del male?» alzai la voce così forte che Luce ricominciò a urlare.

Lui non rispose e io sparii nel buio della sala lasciandoli lì come la *Maternità* di Klimt.

Pochi giorni dopo ci fu il tuo battesimo. Nadiria aveva passato intere giornate per organizzare ogni minimo dettaglio, come se il battesimo fosse affare suo e di nessun altro. Litigammo tutto il tempo. Dalla scelta delle bomboniere ai regali per i padrini; dal luogo del ricevimento al menù.

Ci informò delle sue intenzioni pochi giorni dopo Capodanno.

«Ho prenotato la chiesa per domenica 22 gennaio.»

«Chiesa?» la guardai.

«Certo. Quattro mesi. Battesimo. Chiesa.» La sua ironia si scontrò con lo sguardo di Carlo e si riprese: «Non vorrete mica aspettare ancora? Luce ha quattro mesi e deve essere battezzata».

«Deve essere battezzata?» iniziavo a scaldarmi per affrontare il duello.

«Oh tesoro, forse tu non sei battezzata?» Iniziava la parte che più le piaceva. Umiliarmi.

«Sì che lo sono.» Dopo l'onta si butta il guanto.

«Ah. Quindi capirai l'importanza che lo sia anche Luce, no?» Prima stoccata.

«Io e Carlo avevamo deciso di aspettare. Luce potrà scegliere la sua religione da adulta. Quando sarà più consapevole» affondai sperando che Carlo non mi contraddicesse.

Nadiria sgranò gli occhi e sferzò il suo colpo.

«Stacco un assegno di due milioni di lire tutti i mesi per voi. Avrò almeno il diritto di organizzare il battesimo di mia nipote o volete impedirmi anche questo?»

Carlo mi guardò e scosse la testa, io strinsi i pugni e da quel momento non dissi una sola parola e non toccai cibo.

Lei sorrise e proseguì: «Allora, come vi stavo dicendo la chiesa è prenotata e don Franco verrà a cena da noi la settimana prossima per i dettagli della cerimonia e la scelta delle letture. Ho spedito le partecipazioni e ordinato le bomboniere. Devo solo concordare con il ristorante gli ultimi dettagli del menù».

Cercai di pensare a qualcosa che mi distraesse ma Nadiria riuscì a riportarmi alla sua presenza. «… poi per il padrino e la madrina ho pensato di chiederlo alla zia Giulia e…»

«Angela e Luca.» Appoggiai le mani sul tavolo e la forchetta urtò il piatto, così le mie parole slittarono sotto il suo brillare rotondo.

«Cosa?»

«Angela e Luca battezzeranno mia figlia» la guardai dall'alto al basso «e nessun altro.»

Nadiria si alzò. Salutò Carlo e il marito accusando un improvviso mal di testa e sparì dietro la tenda.

Io guardai Carlo. «Andiamo a casa. Per stasera ne ho abbastanza.» Ti presi in braccio e mi diressi verso la porta.

Don Franco, l'unica scelta che ci metteva tutti d'accordo, conosceva la famiglia di Carlo da quando lui aveva preso la prima comunione. Io lo avevo incontrato qualche volta a cena.

La celebrazione cominciò alle dieci e trenta del mattino. Entrammo in chiesa in modo ordinato. Nadiria accanto al marito per primi. Io e Carlo pochi passi dopo e per ultimi Luca e Angela con te, avvolta in una coperta bianca, in braccio.

«Che nome date alla vostra bambina?»

«Si chiamerà Luce.»

Nadiria si alzò, svicolò da dietro la panca di legno e con pochi passi fu al fianco di Carlo. Io la guardai mentre faceva scivolare la sua mano sinistra sotto il braccio del figlio.

«Per Luce che cosa chiedete alla Chiesa di Dio?»

«Il battesimo, il più bello e magnifico dei doni di Dio.» La voce di Carlo, accompagnata da quella stridula di sua madre, come se fossero in coro, riempì la chiesa.

«Cari Carlo e Viola, chiedendo il battesimo per Luce, voi vi impegnate nella fede, perché, nell'osservanza dei comandamenti, impari ad amare Dio e il prossimo, come Cristo ci ha insegnato. Siete consapevoli di questa responsabilità?»

«Sì.» Io rimasi in silenzio.

«E voi, Angela e Luca, siete disposti ad aiutare i genitori in questo compito così importante?»

«Sì.»

Don Franco segnò la tua fronte con il segno della croce. Tu ti svegliasti senza piangere. Carlo mi afferrò la mano.

«Cara Luce, con grande gioia la nostra comunità cristiana ti accoglie.

«In suo nome ti segno con il segno della croce.

«E dopo di me anche voi, genitori e padrini, farete su Luce il segno di Cristo Salvatore.»

Nadiria scoppiò in lacrime e tutti ci girammo a fissarla. Scossi la testa guardando Angela che ti teneva incastonata tra le sue braccia.

Poi con andatura decisa mi passò davanti e salì i gradini per la prima lettura.

«Dal libro del profeta Ezechiele. Così dice il Signore: "Vi prenderò di mezzo alle genti, vi radunerò da tutte le nazioni e vi condurrò nel vostro paese…".»

Pensai alla felicità. Forse non siamo destinati a essere felici. Forse la gioia ha a che fare con un certo quantitativo di cose ottenute, una famiglia, dei figli, un marito che ti sta vicino e magari un buon lavoro. Forse essere felici dipende da quanto riusciamo a essere consapevoli di questo e quindi grati.

Ricordai di aver letto da qualche parte che la scala della felicità presuppone l'esistenza di un ordine gerarchico dei bisogni individuali da soddisfare. Ogni bisogno di livello inferiore deve essere soddisfatto prima di poter passare a considerare il bisogno del livello successivo.

Alzai gli occhi verso Nadiria e mi chiesi se lei fosse felice. Sotto il trucco e il vestito firmato. Se i suoi comportamenti fossero conseguenze di bisogni insoddisfatti. Se io rappresentavo davvero un ostacolo alla sua felicità. Mi chiesi la stessa cosa di me e mi risposi immediatamente.

«Parola di Dio.» Puntò lo sguardo dritto su di me.

«Rendiamo grazie a Dio» furono le prime parole che pronunciai dentro quella chiesa.

Seguirono il salmo responsoriale e la seconda lettura, «Dalla Lettera di san Paolo apostolo agli Efesini». La lesse tuo nonno.

Il parroco benedì l'acqua che versò sulla tua testa dicendo: «Luce, io ti battezzo, nel nome del Padre, del Figlio e dello Spirito Santo».

Ti sentimmo urlare e contemporaneamente la mano di tuo padre mi strinse fortissimo.

Poi il parroco ti unse con l'olio e diede a Luca il cero acceso.

La celebrazione finì con tutti noi schierati davanti all'altare. Ripetemmo insieme il Padre Nostro e il sacerdote ci benedì.

Angela, Carlo, Luca e io ci raggruppammo a destra dell'altare per firmare il registro. Angela ricevette da me precisi ordini: «Non lasciare mai Luce tra le mani di Nadiria, per nessun motivo». Così, mentre lei firmava i documenti, Luca ti sollevò togliendo tutti dall'imbarazzo e un canto alla Madonna concluse la cerimonia.

Che fu di una suntuosità esagerata.

«Ho voluto organizzare questa piccola festa per il battesimo della mia nipotina perché Carlo non mi ha dato la gioia di poter organizzare il suo matrimonio» erano le parole che accompagnavano gli abbracci alle parenti e alle amiche, sulla soglia del ristorante.

Agli uomini questo rito venne risparmiato e per fortuna tu eri troppo piccola per capire.

QUELLA MATTINA, ore 9.15

Il teledrin del dottor Longani ha iniziato a suonare e io mi sono chiusa la porta alle spalle. Mi ci sono appoggiata contro, ho cercato con la mano la chiave e l'ho girata su se stessa.

Da lì non sarei più tornata indietro.

«Signora, le condizioni di sua figlia si stanno aggravando e io devo correre da lei, mi lasci passare.»

«Ci vorrà pochissimo tempo ma senza il suo aiuto io non...»

«Metta giù quella pistola o qualcuno si farà male.» Ha alzato la voce come se volesse intimidirmi, o forse sperava solo che qualcuno, ascoltandolo, intervenisse, ma erano tutti intorno al letto di Luce. Tutti tranne chi doveva esserci.

«Deve aiutarmi, mi sono documentata su internet ma ora ho paura di sbagliare.» Le lacrime mi sono scese sulle guance e ho provato ad asciugarle con i palmi sventolando maldestramente l'arma che avevo in mano. L'uomo davanti a me si è irrigidito dentro il suo camice.

«Che diavolo ha in mente?»

«Non abbasserò quest'arma, ma non ho intenzione di fare del male a nessuno, mi creda, ne ho già fatto abbastanza per una vita sola.» Ho ondeggiato lentamente e l'ho guardato sperando che mi leggesse qualcosa negli occhi che lo aiutasse a capire.

Eravamo lì, immobili l'uno davanti all'altra, come due mattoncini del Lego pronti a incastrarsi.

Ho ingoiato aria mista a saliva e ho detto: «Faccio finta di conoscere mia figlia da diciassette anni, ma non riesco ad ammettere la verità, lei è quasi un'estranea per me. Lo è perché io ho perso tempo. Io l'ho buttato via. Ogni singolo giorno l'ho lasciato trascorrere senza intervenire mai, senza sprofondarci dentro ma limitandomi ad appoggiarmici sopra. È quasi più grave di aver ingannato mio marito per tutto questo tempo? Non lo so. Andrò all'inferno senza sapere esattamente perché. È buffo vero? C'è l'imbarazzo della scelta».

Un soffio d'aria mi è uscito dalle labbra e ho continuato: «Prima mi ha detto di avere figli».

«Sì.» Girandosi verso una fotografia appesa al muro ha aggiunto: «Due, ma non è questo il momento di parlare della mia famiglia. Si tolga di mezzo e lasci che mi occupi di Luce!».

Senza ascoltarlo ho spiato tre sorrisi identici nell'immagine. Mi sono chiesta se fossero ancora così, quei due ragazzi, o se il tempo li avesse già guardati cambiare.

«Deve essere stato bello averli visti crescere.» Mi sono morsa le labbra e mi è venuto da piangere, ma mi sono trattenuta. «Ho sbagliato tutto e ora sono così spaventata che non riesco nemmeno a parlarne perché nessuno può capire. Nessuno può capire cosa spinge una madre a diventare quella che sono ora.»

Il dottore ha fatto un passo verso di me, ma io l'ho fermato subito.

«Non si muova, non mi metta alla prova.»

Poi, come se volessi scusarmi o solo giustificarmi, continuai: «Ieri sera, mentre mia figlia veniva ricoverata, io ero a letto con un altro uomo. Non saprei nemmeno spiegare perché lo faccio. Spesso non mi diverto nemmeno. Ma i sensi di colpa non si possono lavare via, quelli ti seguono ovunque. Ti dormono accanto, in qualunque luogo tu sia. È un po' come quando si ha paura del buio, non importa dove ti trovi, il buio è tutto uguale».

Le mie emozioni erano appese a un filo. Ho fissato quell'uomo negli occhi chiedendomi chi fosse, se era un buon padre o un buon marito, ho sbirciato tra le sue cose, sperando di trovare qualcosa che lo avvicinasse a me, ma la sua stanza assomigliava a quella di chiunque altro.

«Mi lasci andare, Luce ha bisogno di me. Ragioni!» con un tono volutamente controllato, il tono di chi ha paura.

«Vorrei raccontarle di un'infanzia difficile. Una madre alcolizzata e un padre violento sarebbero perfetti. Ma io non ho nemmeno questi. I miei genitori hanno fatto del loro meglio. E io ora vorrei fare qualcosa per cui mia figlia possa essere fiera di me, qualcosa che solo Carlo saprebbe fare.» Ho sorriso pensando di assomigliargli anche solo un po'.

Nel corridoio il mio telefono a terra ha iniziato a lampeggiare il nome di Carlo. L'aveva promesso. *«Rimani sempre con lei, ma ti prego, qualunque cosa accada, chiamami.»*

«Che cosa vuole fare? Come crede di aiutare sua figlia trattenendomi qui in ostaggio?»

L'ho fissato ancora negli occhi, cercando quelle minuscole pagliuzze gialle che si trovano anche nelle iridi più scure, e ho spalancato le labbra: «Devo uccidermi, ma non posso morire!».

«Lei è pazza!» ha sbottato lui. «Ma cosa crede di fare? Sua figlia è di là che lotta tra la vita e la morte mentre lei è qui che farnetica cose senza nessun senso… che cosa ha in mente? Vuole fare una strage solo per attirare l'attenzione?»

«No, non è così. Io non voglio attirare l'attenzione, io la voglio salvare.»

«Tenendomi chiuso ad ascoltare gli stupidi racconti della sua vita? Non è colpa né mia né di sua figlia se lei non riesce a rispettare le regole. È grande abbastanza per capire le conseguenze delle sue azioni, non crede? Ora posi quella pistola e mi lasci fare il mio lavoro. Forse per lei non ha senso ma per altri sì.»

Aveva uno sguardo cattivo e sfidante. «È difficile anche per me crederlo, ma sua figlia ha bisogno di lei, sta per essere operata e la sua vita non sarà mai più quella di prima.» Ha fatto una pausa e io ho tremato. «Sarà schiava delle medicine, e lo sarete anche voi, dovrete controllarla, accompagnarla, la vita per un trapiantato è una seconda opportunità, ma non per questo sarà una cosa semplice. Luce vivrà momenti difficili e avrà bisogno di capirli un po' alla volta. Avrà bisogno di tutto il vostro aiuto. Da adesso. Quindi mi lasci fare il mio lavoro ora...» ha inchiodato i suoi occhi ai miei.

«E se il fegato non arrivasse?»

Lui ha abbassato lo sguardo e stretto i pugni, senza rispondermi.

Ho aperto la borsa e con l'unica mano libera, ne ho estratto il plico di fogli che avevo stampato in camera di Luce.

«Non è come pensa e io non sono pazza!» Mi sono aggrappata con tutte le forze alle mie ragioni come un'innocente al banco degli imputati dopo la condanna. «Non sarei qui se non pensassi che lei sa fare il suo mestiere, e credo che sia l'unico che possa aiutarmi.» Sentivo di essere su un'altalena, nel punto esatto in cui ti sembra di raggiungere il cielo e poi precipiti indietro mentre tutto ti scorre ai lati. «So che la mia vita è una serie di scelte stupide ma voglio provare a cambiare il corso delle cose.»

Ho fatto un passo in avanti.

«Ho intenzione di spararmi perché voglio che lei doni il mio fegato a Luce.» L'ho sputato fuori come un fiotto di sangue.

Lui ha alzato le braccia portandole intorno alla testa. «Che cosa?»

«So che c'è una possibilità per cui sparandomi in testa io non muoia subito così che i miei organi possano…» mi sono bloccata perché stavo cadendo a pezzi.

«Non ho mai sentito nulla di simile. Dovrebbero internarla!»

Ho ignorato le sue parole perché anche se non si vuole ammetterlo ad alta voce tutti speriamo che sia fatta giustizia.

«L'ho letto qui, guardi.» Ho allungato il foglio sul tavolo cercando di colmare lo spazio che, nonostante lui fosse la persona con cui ero stata più sincera in vita mia, ancora ci separava.

… Si sono visti casi in cui persone sono sopravvissute a un tentativo di suicidio, perché la pallottola con un'inclinazione particolare ha perforato il cranio fuoriuscendo dall'altro lato…

Ha alzato la testa e mi ha guardato incredulo. È rimasto in silenzio. Ha continuato a guardarmi. Ha scosso il capo. Il suo volto si è riempito di smorfie indecifrabili. Incredulo, arrabbiato, impaurito ed eccitato. Rimbalzava da un sentimento all'altro come la pallina impazzita di un videogame.

Mi sono accorta che la sua mano stava tremando. Ha abbassato nuovamente gli occhi e con un tono più morbido mi ha detto: «Io non posso aiutarla. È contro tutto ciò per cui sono arrivato fin qui, va contro gli anni passati sui libri, l'educazione dei miei figli, il mio giuramento…». Non sembrava nemmeno più lui, ma un palloncino che si stava sgonfiando.

Mi sono avvicinata: «Mi dispiace ma io lo farò lo stesso e se non mi aiuta avrà due vite sulla coscienza». La mia voce ha crocchiato come un ramo secco.

«Mi sta ricattando? Quello che mi chiede è assurdo. Non riuscirà mai a fare una cosa simile, è troppo difficile. Ma come diavolo le è venuto in mente? È incredibile. Le faccio una domanda: ha visto sua figlia? È entrata nella sua stanza? L'ha guardata lottare per sopravvivere? Bene, sappia che lo sta facendo anche per voi, per lei.»

No, non ero nemmeno entrata nella stanza di Luce. Non ci ero riuscita.

Il dolore si manifesta in diverse forme. Se è fisico può risultare pungente, bruciante, localizzato o acuto. Può essere una fitta leggera, uno spasmo incontrollato, uno strazio infinito o un tormento. A volte si può placare facilmente con antinfiammatori e analgesici.

Se è morale allora la chiamiamo sofferenza. Con una parte conviviamo tutti i giorni: serve per crescere e affrontare l'adattamento alla vita.

Un altro tipo di sofferenza invece sembra non si possa evitare. Si soffre quando capita qualcosa di brutto, come un lutto in famiglia, una malattia o la separazione dei genitori.

Una sofferenza però non la possiamo ignorare. È espressione di un'afflizione interiore più profonda. Cancella tutto, fa scomparire quello che hai intorno, anche ciò che ti appartiene di più.

Da un dolore spesso si guarisce in fretta. E da una sofferenza?

ANNI PRIMA...

Un legame per definizione è un vincolo tra due cose. Possono esservi numerosi utilizzi di questo termine. In chimica è quella forza che unisce gli elementi per raggiungere una condizione di stabilità. Una molecola è sempre più stabile degli atomi isolati che la compongono. Leghiamo le parole per esprimerci in modo corretto, o i sapori per gustare meglio una pietanza. Spezziamo un legame che dura da sempre e cerchiamo di unirci a chi amiamo anche da un solo giorno. Sono vincoli che possono superare ogni tipo di distanza e dar vita a grandi collaborazioni, alcuni si spezzano senza motivo apparente, altri si trasformano in strazianti agonie. Comunque sia, senza legami saremmo destinati a precipitare nel vuoto.

Ci sposammo il giorno del tuo quinto compleanno. Carlo aveva discusso la sua tesi di laurea all'inizio di giugno mantenendo così la promessa fatta ai suoi genitori.

All'altare mi ci accompagnasti tu, tenendomi per mano.

«Se dunque è vostra intenzione unirvi in matrimonio, datevi la mano destra ed esprimete davanti a Dio e alla sua Chiesa il vostro consenso.»

La chiesa si avvolse in un meraviglioso silenzio quando Carlo allontanò il libro delle promesse e si girò verso di me, afferrandomi entrambe le mani.

Lo guardai negli occhi. Le sue pupille erano scurissime e sembravano muoversi in modo impercettibile. Chiuse le palpebre e sospirò. Sorrise e ti guardò.

Tu, come se rispondessi alla sua richiesta d'aiuto, ti slegasti dalle braccia di tua nonna e ti arrampicasti sulla mia panchetta. Lo guardasti ipnotizzata e allungasti le tue minuscole mani sopra le nostre. Tuo padre si mise a ridere e si chinò per baciarti sulla testa mormorando: «Grazie piccola mia, avevo bisogno proprio di te».

Sorridendo mi guardò e disse: «Ho imparato i voti a memoria. Poi tu hai attraversato la navata, ti ho vista così bella e me li sono dimenticati, ora farò la figura dello scemo davanti a tutti».

Una risata esplose dietro le panche e si propagò per tutta la chiesa.

Si schiarì la voce e mi fissò. «Mi piaci perché con te posso essere me stesso, perché ti trovi sempre il tuo posto accanto a me e mi fai credere di saperti proteggere, perché non sai cucinare ma fai finta di essere una vera cuoca e i lavori da uomo li lasci fare a me, perché Luce ha i tuoi occhi e perché quando guardo la partita tu non obietti mai, e scarti sempre il gelato al pistacchio perché sai che io lo adoro.

«Mi piaci perché sono io se ci sei anche tu. Perché il mondo mi sembra valga un po' di più e la vita, be', la vita ora mi sembra abbia trovato il suo guscio.»

Poi stringendo le nostre mani insieme: «E fare questo viaggio con voi mi piace molto».

L'emozione mi si arrotolò in gola, mentre Luce sgranò gli occhi e pronunciò fiera: «Papà».

«Se ti dicessi che sono pronto e che sarò perfetto, ti direi una grande bugia. Ma davanti a Dio vorrei che tu sapessi che mi butterei nel fuoco per voi, perché siete voi la mia vera avventura, per tutta la vita.»

Si sarebbe udito un foglio volare o il battito di un cuore.

Poi con le guance arrossate guardò il prete, afferrò il libro e con tono di scuse lesse: «Io, Carlo, prendo te, Viola, come mia sposa e prometto di esserti fedele sempre, nella gioia e nel dolore, nella salute e nella malattia, e di amarti e onorarti tutti i giorni della mia vita».

Qualcuno rise, qualcuno ingoiò la commozione e qualcun altro pianse. Tutti si emozionarono, ma le mie parole non le udì nessuno.

Nadiria assomigliava a una statua vivente. Rimase per ore ferma nella medesima posizione, compiendo solo minimi movimenti degli occhi, talvolta del capo e delle mani. Pensai ai mimi professionisti, al lungo allenamento per ridurre al minimo il battito delle ciglia, al sistema nervoso sottoposto a un forte stress per allenarsi alla pazienza.

Angela mi si avvicinò: «La pazienza è una qualità fantastica. Ti permette di affrontare difficoltà e dolori con animo sereno e tranquillo. In altre parole è Nadiria». Scoppiammo a ridere così forte che mi vennero le lacrime agli occhi e tutti si girarono a guardarci.

«L'hai vista? Secondo te respira ancora?» Angela scrollò la testa e prese in braccio Luce.

Io guardai Nadiria e capii che quello era il suo regalo per Carlo.

Le persone si dividono in due categorie, quelle che cercano il senso della loro vita e non lo trovano, e quelle che l'hanno trovato senza cercarlo.

Io e lei.

QUELLA MATTINA, ore 9.20

Carlo ha fatto squillare il mio telefono altre quattro volte. «Dove sei finita?» ha mormorato con le lacrime agli occhi. Sentiva le gambe fracassarsi dalla paura. Ha appoggiato una mano al vetro che lo separava da Luce. «Ti prego Dio salvala» ha detto con un filo di voce. Guardava tutte quelle persone agitarsi intorno al suo letto e ha capito che finché loro si muovevano come serpenti, lei era ancora viva.

Prima di riprovare a chiamarmi si è accorto di avere un messaggio in segreteria. Ha composto il numero e si è messo ad ascoltare.

«Ciao sono io. Mi dispiace per tutto quello che ti ho portato via. Avrei voluto essere diversa. Stai vicino a Luce, avrà bisogno di te più che mai e grazie per essere stato quello che sei. Ringrazio Dio di averti avuto. Perdonami se non ti ho amato come avrei dovuto, ma solo a modo mio. Non smetterò mai di portarti con me.» Le sue dita hanno iniziato a congelarsi insieme a tutto il resto del corpo. «Viola, ma cosa?...»

Un rumore alle mie spalle mi ha attraversato la schiena come un fulmine: *«Dottore, è nello studio?»*, poi l'armeggiare frenetico sulla maniglia: *«Dottore, abbiamo bisogno di lei, si sente bene?»*. La voce si è fatta più profonda, c'è stato un altro colpo sulla porta e poi ha continuato: *«Dottore, la ragazzina in rianimazione sta peggiorando, non riusciamo a stabilizzarla»*.

Il dottor Longani ha appoggiato lo sguardo sui volti dei suoi figli. L'ho visto aggrottare la fronte e fissandoli ha detto: «Io non posso aiutarla in una cosa simile. Sono un medico, io salvo la vita delle persone, non le aiuto a morire».

«Lei deve. Per Luce.»

Ho avuto la sensazione che le sue pupille fossero sul punto di esplodere.

«Non c'è più tempo, dottore. Se io sbaglio perderà entrambe. Ma se mi aiuta… la prego.»

«Ho giurato di aiutare i miei pazienti, lei mi sta chiedendo di aiutarla a uccidersi e per quanto nobile sia il suo intento e nonostante il disprezzo che nutro per lei in questo momento, io…» abbassando il volto.

«Dottore, la paziente in rianimazione è critica, dobbiamo intervenire, dottore, apra la porta…»

A quelle parole qualcosa si è aggrovigliato dentro la pancia. Era la sensazione di aver sbagliato, di non poter tornare indietro, di essere colpevole. Volevo correre da te Luce, ma era lì che dovevo restare.

Il coraggio, Luce, credo si chiami così, quella cosa che non puoi comprare perché non sai dove cercarla ma che improvvisamente ti trovi addosso tanto da sentirla sulla pelle.

Non segue una mappa e non trova un luogo preciso ma sa smuovere tutto quello in cui credi, parcheggia le tue paure e spacca in due emozioni e rabbia. E poco importano tutte le tue incertezze e tutti i tuoi dubbi, perché ora sai cosa devi fare, come e, soprattutto, dove devi arrivare.

Può essere straordinario come volare, forte come un nodo.

Il coraggio te lo trovi dentro, così forte da riuscire a ucciderti, e spesso è anche tutto quello che ti resta.

Ho fatto un passo verso di lui. «È ora, mi aiuti.»

I suoi occhi sono entrati lentamente dentro i miei. «Mi dispiace» poi ha ingoiato l'aria e guardato il soffitto. Mordendosi le labbra è tornato a fissare il mio viso.

«Dobbiamo aprire la porta, chiamate la sicurezza, qualcuno deve avere un doppione della chiave, non c'è tempo da perdere...»

«Dio mi perdoni... deve puntare più in alto come se volesse colpire quell'angolo lassù e la sua testa fosse solo un ostacolo ma, l'avverto, potrebbe fallire e io non racconterò del suo gesto coraggioso.» Mi guardò spietato e continuò: «No, per me lei resterà una pazza che cerca di mettersi in mostra, ma tra lei e sua figlia preferisco salvare Luce».

«Io...» il terrore ha attraversato tutti i muscoli del mio corpo, come un'onda a bassa frequenza «voglio solo che mia figlia vada all'università, che possa vivere per conto suo, innamorarsi, realizzare i suoi sogni e magari avere un figlio. Anche se dovesse sapere che mostro sono, non mi importa.» L'ho guardato dritto in faccia.

Ha mimato il gesto portandosi l'indice vicino alla tempia. «Così.»

Poi ha aggiunto: «Non c'è più tempo».

Ho alzato la pistola e l'ho diretta alla testa, l'ho inclinata leggermente verso l'alto e ho chiuso gli occhi.

«Luce e Carlo» ho mormorato.

C'è una differenza sostanziale tra l'incubo da cui ti risvegli e quello in cui ti sei messo.

L'infermiera si è allontanata dalla porta ma il suo corpo si è paralizzato come se fosse andata contro un vetro.

È stato il colpo sordo di uno sparo a fermare tutto.

Medici, infermieri, pazienti, portantini, parenti, visitatori e Carlo si sono girati insieme al rallentatore nella stessa direzione: la terza porta a destra del corridoio che attraversa il reparto di terapia intensiva situato al quarto piano, lo studio del dottor Longani.

«Viola… che cosa…» Le labbra di Carlo si sono increspate.

La porta davanti a loro si è aperta e il dottor Longani è comparso urlando: «Correte, ho bisogno di aiuto. È ancora viva».

Hanno sollevato il mio corpo e avvicinando una barella mi ci hanno posato sopra.

Avevo un foro nella zona parietale destra, con un alone a dimostrare lo sparo a distanza ravvicinata. Il proiettile della vecchia Beretta semiautomatica calibro 7.65 di mio padre è stato sparato dal basso verso l'alto, così come mi era stato indicato. Il mio corpo si è spostato di circa un metro ed è scivolato lungo la parete, lasciando tracce del mio sangue a disegnare la mia ombra.

«Dobbiamo intubarla subito, passatemi un tubo tracheale 7…» Il dottore Longani si è chinato su di me e mi ha sollevato leggermente il collo con le dita, poi portando entrambe le mani vicino alla mia bocca ha iniziato a inserire il tubo. «Non vedo le corde vocali maledizione…» Tutti si sono bloccati intorno a lui in attesa di un suo cenno, lui ha sospirato, ha raddrizzato la schiena e tirato fuori la linguetta che occupava il tubo. «Fatto… iperventilate… portatela in rianimazione, dobbiamo stabilizzare le funzioni vitali.»

Una sua lacrima mi ha colpito la fronte, lui l'ha asciugata con il pollice scuotendo la testa.

La barella ha attraversato il corridoio e lo sguardo di Carlo fisso sopra il bracciale d'oro rigido che mi toglieva subito prima di fare l'amore.

Era sospeso. Senza aria. Senza sangue. Senza saliva. Senza vita.

Il dottor Longani si è avvicinato a lui. «Mi dispiace ma sua moglie si è sparata pochi minuti fa nel mio studio, non ho ancora un quadro clinico preciso e faremo tutto il possibile per salvarla...» Ha abbassato lo sguardo e allungato un passo per allontanarsi da quel cerchio di fuoco che avvolgeva mio marito.

«Espianterà il suo fegato per darlo a Luce, vero? Gliel'ha chiesto lei?»

Il dottore si è girato. «Ho provato a fermarla ma...»

Carlo si è morso le labbra e ha stretto i pugni; poi con un filo di voce ha detto: «Nessuno ci sarebbe riuscito. Fermarla era impossibile. Ora pensi a mia figlia. La prego. È tutto quello che mi resta».

La forza che lo aveva sorretto fino a quel momento si è spezzata di colpo e il suo corpo è scivolato lungo la parete.

È rimasto lì con lo sguardo fisso sulla porta grigia di fronte a lui. Ha appoggiato il cellulare sul cuore, ha schiacciato il tasto sei e la segreteria telefonica ha obbedito al comando, così la mia voce gli ha attraversato lo sterno e in qualche modo ci è rimasta per sempre, lì tra il cuore e i polmoni.

Poi si è sciolto in lacrime.

Un gruppo di medici stava scortando la barella sulla quale ero sdraiata e una donna si è appoggiata al muro per lasciarli passare. Aveva bellissimi boccoli rossi e un firmamento di lentiggini sul naso. Ha riconosciuto il mio viso e si è messa a urlare portando entrambe le mani alla bocca.

«Signora, lei non può stare qui.»

«Ma cos'è successo?»

«Lei è una parente?»

Angela ha ripensato al giorno dell'inaugurazione della galleria, ai Natali passati insieme, alle notti in discoteca, alle lunghe chiacchierate in auto, alle giornate al mare, agli abbracci e alle nostre liti, al giorno in cui era nata Luce, a Massimo e a Carlo, e ha detto: «No, sono molto di più» e ha fatto un passo indietro per lasciarli passare.

SEMPRE QUELLA MATTINA

Angela aveva acceso il telefono alle 8.45. Il sabato mattina faceva le cose con più calma. Accendeva la macchina del caffè e si precipitava in bagno a farsi una doccia bollente. Adorava avere i segni rossi sulla pelle. Il *bip* del messaggio in arrivo è rimasto soffocato dal rumore dell'acqua.

Uscita dalla doccia ha avvolto i capelli nell'asciugamano e si è infilata nel suo accappatoio verde. Si è guardata allo specchio appannato considerandosi pronta per bersi il primo caffè della giornata.

Ha ascoltato il mio messaggio alle 9.07. La tazza le è scivolata dalle mani e mentre la macchia nera si allargava sul pavimento della cucina, è corsa in camera, indossando una tuta da ginnastica di ciniglia blu, ha buttato l'asciugamano bagnato sul letto, ha infilato i piedi in un paio di sandali ed è corsa fuori di casa urlando qualcosa che Luca non è riuscito a capire, con le sole chiavi dell'auto in mano.

Nel traffico ha provato a chiamarmi senza ricevere risposta, così, mentre aspettava che il rosso si trasformasse in verde, ha fatto rifugiare tutti i pensieri lontano da quel mio strano messaggio ed è finita ai tempi della scuola.

Un cartellone pubblicitario alla sua destra portava l'immagine di un ragazzino intento a mangiare una merendina alla cioccolata.

Le ha ricordato qualcuno.

Tamburellando con le dita sul volante si è messa a pensare a Matteo, un compagno di quinta soprannominato «Cinghio». Matteo era ripetente, sovrappeso, arrogante, bullo e con una sfrenata passione per le ragazzine più giovani.

Aveva preso di mira Angela, senza un motivo particolare aveva iniziato a infastidirla. Le rubava la merenda, le nascondeva i libri o tentava di alzarle la gonna. La maestra aveva soccorso Angela in lacrime diverse volte. Lei, però, le aveva chiesto di non avvertire suo padre.

Un giorno lo trovai intento a lanciare in aria lo zaino di Angela. La sentii strillare e come un gatto saltai sulla schiena di Matteo iniziando a morsicarlo sul collo. «Prendi lo zaino e scappa, Angela» urlai, mentre lui mi fece cadere a terra.

Angela rimase per un attimo immobile con gli occhi sgranati, poi raccogliendo tutte le sue forze, convinta che suo padre l'avrebbe apprezzato, lo colpì nelle parti basse.

Matteo emise un suono sordo e, paonazzo, si accasciò. Angela lo scavalcò e afferrandomi una mano mi trascinò via.

Corremmo più forte che potevamo fino a sputare l'aria. «Corri, non ti fermare.»

Ripensandoci ora, quel corridoio le sembrava ancora interminabile. Pensò che non eravamo mai tornate in quella scuola e che ora, dopo tutto quel tempo, le sarebbe piaciuto farlo. Chissà se l'avremmo riconosciuto? Sicuramente lo avremmo trovato molto più corto di quello che rimaneva nei nostri ricordi. Capita sempre così.

Me lo avrebbe proposto appena compreso che cosa ci facevamo in ospedale di sabato mattina. Un brivido le ha attraversato la schiena e per non pensare a cose brutte è tornata con la mente a quel momento tutto nostro, quando singhiozzanti ci eravamo sedute sulle scale per poi scoppiare a ridere come due complici. «Dovevi scappare e andare a chiedere aiuto, così non abbiamo risolto il problema, quello stronzo ci darà ancora fastidio.» Me lo disse mentre io mi accarezzavo il sedere livido per la botta.

«Non ti avrei mai lasciata lì da sola.» La guardai seria, poi aggiunsi: «Noi siamo una squadra e le squadre non si sciolgono mai». Angela si alzò, mi tese una mano per aiutarmi e mi accompagnò in bagno.

Al verde ha ingranato la prima e superato un paio di auto sulla destra, poi la seconda e la terza. «Noi siamo una squadra, Viola.»

I passi dei tacchi di Angela si sono bloccati in cima alle scale, davanti al mio corpo disteso, a quello di Luce ancora intubato e a quello di Carlo accartocciato in un angolo del corridoio.

I suoi occhi increduli rimbalzavano su quelle tre immagini, quasi a fare una conta.

Teneva la bocca spalancata come se guardasse un masso galleggiare.

Ha lasciato passare la barella davanti a sé, ha cercato di allungare una mano per sfiorarmi, ma era tutto troppo veloce. Raccogliendo le forze si è avvicinata all'angolo in cui era finito Carlo. Si è inginocchiata davanti a lui appoggiando le mani sulle sue gambe. «Carlo ma...»

«Angela, fa così male che non riesco a respirare.»

Gli occhi di Angela si sono riempiti d'acqua.

«Ma cos'è successo?»

«Angela, gliel'ho chiesto io, capisci? È tutta colpa mia!» La voce di Carlo si è frantumata in mille suoni come monetine che rotolano sul pavimento.

«Carlo, ma cosa dici?»
«Viola lo ha fatto per noi, per me e Luce, per non separarci.»

Lealtà, questa è la regola, perché l'anima non perda integrità e smalto.

«Ed Ella, morendo per la seconda volta, non si lamentò; e di che cosa avrebbe infatti dovuto lagnarsi se non d'essere troppo amata? Porse al marito l'estremo addio, che Orfeo a stento riuscì ad afferrare, e ripiombò di nuovo nel luogo donde s'era mossa.»

Orfeo ed Euridice

CINQUE MESI DOPO

Le cose si perdono. Le chiavi, i documenti, l'orologio, una partita a poker, un'occasione o una causa in tribunale. Ma puoi anche concederti di perdere tempo, o addirittura la testa. È perdersi che è diverso. Riguarda sempre te stesso e il tuo cuore, chi ami o hai amato. Quando i figli crescono, ogni giorno ne perdi un piccolo pezzo. Smetti di rimboccargli le coperte, di raffreddargli la pappa e di controllare i compiti. Non te ne accorgi nemmeno quando un giorno improvvisamente certe cose lasciano spazio ad altre e tu non sai spiegare esattamente come è successo.

Il cellulare di Carlo ha emesso un suono sibillino e pochi secondi dopo ha suonato anche quello di Luce.

«Devi prendere le medicine, Luce.» Carlo ha sincronizzato tutti gli orologi così che ogni dodici ore, in qualunque luogo si trovi, un suono fastidioso ricordi a Luce di assumere Ciclosporina, Deltacortene e 500 mg di Micofenolato Mofetile, il cocktail di farmaci antirigetto che l'accompagnerà per il resto della sua vita.

«Lo so, pa', stai tranquillo, le cazzate della mia vita le ho già fatte tutte» ha detto lei con un sorriso malizioso.

Lui ha abbozzato una smorfia sollevando il labbro, poi si è voltato a guardare una famiglia ferma davanti al tabellone delle partenze e ha avuto la sensazione che gli mancasse qualcosa.

L'altoparlante ha annunciato il ritardo di un paio di voli, mentre Luce, seduta su una sedia davanti al gate 5, in attesa di salire sul volo per Casablanca, si è voltata verso Carlo dicendo: «Figo il Marocco. Come ti è venuto in mente?».

«Vuoi la verità?» ha risposto Carlo.

«Perché, esiste una non verità, papà?»

«Va bene. Ho scelto il Marocco perché è lì che ho ritrovato tua madre la prima volta.»

«Racconta, dài.»

«Eravamo andati a visitare un suk.»

«Cos'è un suk?»

«È un mercato, Luce, di spezie e artigianato. Era affollatissimo e tua madre si perse, la guida si allarmò moltissimo, ma io la ritrovai quasi subito.»

«E come hai fatto? Dov'era?»

«Per ritrovare tua madre bastava ragionare come lei.» E come se raccontasse una favola ha continuato: «Quando mi accorsi della sua assenza, mi girai, feci qualche passo in avanti e cercai di visualizzare il percorso appena fatto. Scivolai tra la folla, evitando le persone come ostacoli. Il cuore mi batteva come un tamburo. Il suo ritmo mi scese fino alle gambe facendomi correre sempre più veloce. Inciampai senza cadere, barcollai su un piede solo, agitando in modo goffo l'altro, mi scusai con gesti universali con un uomo anziano al quale avevo fatto cadere una cesta di vimini, ma questo non mi fermò. No, non mi fermò». Ha fatto una pausa, guardato Luce e ha proseguito: «Ripresi il ritmo come se sapessi dove andare, come se seguissi una traccia, un filo, come se avessi commesso un furto e mi stessero inseguendo. Sapevo cosa l'aveva incantata e la trovai lì, dove immaginavo, rapita davanti a un banco di stoffe e veli. Non si era mossa di un centimetro, lei era così, non si perdeva come gli altri, prendendo la strada sbagliata, lei si perdeva perché sapeva restare immobile».

«Mi manca da morire!»

«Anche a me, tesoro.»

«Se io non avessi fatto quella cazzata, sarebbe ancora qui.»

Il cuore di Carlo si è rimpicciolito come se gli avessero sparato aria nelle vene.

«Non è colpa tua, Luce, a volte la vita ci toglie le cose più belle in modo così crudele e senza spiegazioni logiche. Ma non è una colpa se qualcuno ci ama più della sua vita. Un giorno ti sarà tutto chiaro.»

Poi, stringendole la mano, si è avvicinato al suo orecchio sussurrando: «Tua madre era una gran donna, non dimenticarlo mai».

Luce ha fermato una lacrima prima di farla scendere e sorriso a suo padre.

«Ho in mente una cosa, papà, ma avrò bisogno del tuo aiuto.»

«Cosa?» Carlo si è mosso leggermente in avanti e l'ha guardata negli occhi.

«Mi piacerebbe andare nelle scuole a raccontare cosa mi è successo, cosa ne pensi? Sarebbe un modo per rendere tutto questo un po' più utile.» Abbandonando lo sguardo lontano da lì ha continuato: «Se salvasse la vita di qualcuno, be', io ne sarei sollevata e...».

«Mi sembra una grande idea, Luce. Vedi, è in questo che le assomigli come una goccia d'acqua,» allungando il braccio intorno alla figlia per stringerla a sé «appena rientriamo a casa ci lavoriamo su.»

Luce ha sorriso. Ha aperto la borsa e ne ha estratto un foglio di carta ripiegato con cura. Carlo ha riconosciuto la grafia di Viola e una morsa gli ha afferrato lo stomaco.

Luce ha aperto la lettera e pur conoscendola a memoria si è rimessa a leggerla.

Luce, da bambina mi chiedevi sempre il perché del tuo nome. «Mamma, perché mi chiamo come una cosa e non come una bambina?»

È vero, amore mio, ma ti chiami come la cosa più bella che esista e io non avrei mai potuto chiamarti diversamente. Perché tu sei stata il mio faro, la mia guida, la mia cosa giusta. Quando sei nata ero così felice che non avrei potuto darti altro nome.

Tu eri la Luce.

Abbi cura del tuo aspetto e goditi sempre la tua età, lo capirai un giorno quanto erano importanti. Lasciati fotografare, Luce, tutte le volte che puoi. Sorridi e se hai paura balla e canta a squarciagola. Ti aiuterà.

Prenditi tempo per te stessa, rifletti chiusa nella tua stanza e leggi ogni cosa, non importa da dove arriva, sarà sempre un'occasione da cogliere.

Non preoccuparti troppo del domani, i veri problemi saranno quelli che meno ti saresti aspettata di dover risolvere e non essere crudele con gli altri, anche quando sarai molto arrabbiata e tutto ti sembrerà impossibile.

Pensa alle tante cose che hai e non a quel poco che ti manca e fai sempre tesoro dei complimenti che ricevi perché con il tempo diminuiranno. Ragiona con la tua testa e con quello che hai imparato, non farti confondere dagli altri.

Abbi cura del tuo corpo e della tua salute, saranno i fedeli compagni del tuo viaggio.

Sii paziente più che puoi, sarà sempre la scelta migliore. Fai tante domande, ma non aspettarti sempre delle risposte, quelle ti arriveranno al momento giusto e capirai che prima ti sarebbero state utili come un libro scritto in una lingua che non conosci.

Perdonami ora se non sarò accanto a te quando ne avrai bisogno, ma non sentirti mai sola perché io ti lascio vicino alla persona migliore del mondo, tuo padre, il numero uno. Qualunque decisione tu prenda, qualunque scelta tu faccia condividila con lui, giorno dopo giorno, lui non ti deluderà. Resta attaccata a tuo padre. Lui è una vera roccia. Attaccati a lui e alle sue braccia sia nei momenti belli che in quelli difficili, fallo per te ma anche per lui perché ti ama più di se stesso, fallo perché se alla fine della tua vita avrai imparato ad amare gli uomini sarà solo merito suo.
Sono orgogliosa di averti conosciuto e che tu sia stata mia.
Sii sempre te stessa.

La tua mamma

L'altoparlante ha annunciato l'imbarco immediato del loro volo. Luce ha alzato lo sguardo verso la piccola folla che si stava formando davanti a lei, ha ripiegato la lettera di sua madre e l'ha infilata tra le pagine del suo libro.

Carlo si è messo il borsone a tracolla e lo ha sollevato con la schiena.

L'hostess ha sbirciato i nomi sui documenti e strappato i biglietti lungo la linea tratteggiata. Luce è schizzata verso il piccolo autobus-navetta che li attendeva e si è aggrappata a uno dei sostegni guardando suo padre salire. Carlo ha fatto scivolare la borsa dalla schiena ai piedi. Pochi secondi dopo il motore si è acceso, le porte si sono chiuse ermeticamente e loro si sono lasciati dondolare.

La navetta si è fermata davanti a un Airbus A380 della nostra compagnia di bandiera. Sono scesi in modo ordinato insieme a un centinaio di persone, Luce si è scostata dalla fila indiana di qualche metro mentre una folata di vento improvvisa ha sfogliato le pagine del suo libro liberando verso il cielo il foglio di carta che aveva ripiegato con cura, ancora chiazzato di lacrime. «Nooooo...» ha urlato mentre la lettera rimbalzava allontanandosi da lei. Carlo ha lasciato la borsa e si è messo a correre più veloce che poteva.

Il foglio si è fermato un secondo, mentre Carlo scattava verso di lui. C'era quasi riuscito, ma il vento l'ha spostato ancora di qualche metro. E così a singhiozzo altre due volte.

Gli agenti addetti alla sicurezza dell'aeroporto si sono messi in allarme perché la linea gialla stava per essere raggiunta. Hanno iniziato a sbracciarsi e a sventolare le bandiere arancioni. Un paio di loro si sono lanciati verso Carlo, mentre Luce ripeteva: «Riprendila, papà, ti prego» senza togliergli gli occhi di dosso.

In quell'istante Carlo si è fermato, ha calcolato la direzione del vento e facendo quello che io di lui avevo amato più di ogni altra cosa, ha cambiato direzione e la lettera gli è andata incontro fermandosi ai suoi piedi. Si è piegato ansimando, e dopo averla bloccata con la mano, l'ha raccolta e, sollevandola in alto, si è girato verso Luce, sventolandola sorridente.

Luce, attaccata alla ringhiera della scala, mentre gli altri passeggeri si muovevano lenti alle sue spalle, ha urlato, alzando le braccia al cielo: «Avevi ragione mamma» e puntando il dito verso suo padre, con tutta l'aria che aveva in corpo ha gridato: «LUI È IL NUMERO UNO!!!».

Carlo l'ha raggiunta, Luce gli ha buttato un braccio al collo e con l'altra mano ha stretto il pugno di suo padre che racchiudeva la mia lettera. Lì eravamo ancora in tre.

CARLO

Dovrei odiarti e invece.

Invece non riesco a non pensare che se tu avessi fatto l'altra scelta, se avessi seguito quell'uomo, io avrei vissuto una vita non mia.

Non riesco nemmeno a immaginarla una vita diversa, nessuno può convincersi di stare bene se non si trova accanto a chi ama.

So che è difficile da capire. Ma non lo è per me. Io sto male ora, e sto male perché tu non ci sei più. Non è colpa di nessuno e non esiste un modo giusto per amare qualcuno soprattutto se questo ti dà, comunque, più di quanto ti toglie. Anche se per molti, lo so, sarei poco più della controfigura di un pazzo.

Del resto cos'è l'amore se non sentirsi dire ciò che ci fa stare bene?

Vorrei fare un passo indietro, Viola. Vorrei tornare là. Là dove ho capito che senza di te io non avevo nessun senso.

Era una mattina di maggio e la scuola stava per finire. Un brulichio di ragazzi ci scorreva intorno come le comparse di un film, mentre stringevo la tua mano in cima alle scale. Era l'intervallo e ci stavamo dirigendo verso il cortile per scoprire se finalmente fosse uscito anche il sole.

Poi ricordo un boato e un urlo minaccioso. Due ragazzi avevano appena iniziato a litigare. Tutti s'immobilizzarono mentre un ragazzino veniva afferrato per le bretelle della cartella e sollevato da terra. In un attimo avvertii la tua mano scivolare via dalla mia presa. Sei volata giù dalle scale, via dai miei occhi, tra la folla, scalino dopo scalino, fino a raggiungerli. Non potevo crederci, cosa volevi fare? Ho sentito un vuoto dentro e ho provato a rincorrerti mentre il tuo nome mi moriva tra le labbra. «Viola, dove vai? Fermati...» Poi la tua voce ha fermato tutto. «Bravo! Ora perché non te la prendi anche con una donna? Dài colpiscimi, tanto io non mi posso difendere.» Ho creduto che stessi per prendere fuoco, e io insieme a te. Solo un secondo, il suo sguardo minaccioso e strafottente sul tuo viso e io ritrovai la forza con cui avrei potuto spostare una montagna. Ho saltato gli scalini e allontanato tutti con l'unico obiettivo di afferrare il tuo braccio e tirarti via da lì...

«Ma sei impazzita? Cosa credevi di fare, sentiamo? Picchiarti con un uomo? Per dimostrare cosa, esattamente, Viola? Solo per farmi morire di paura?» vomitai tutto mentre il mio cuore batteva sotto la pelle e la voce stringeva ogni singola parola.

«Quello è uno stronzo! E tu pure! Dovevi lasciarmi stare, so badare a me stessa!» Uno sguardo offeso, un sospiro agitato e ti ho vista voltarti verso la porta.

Fu lì che capii quanto eri importante per me e lo confessai a modo mio con tutto il fiato che avevo in corpo. «Non sono corso per salvare te, Viola!»

Tu ti bloccasti e ti girasti nervosa.

«No, Viola, l'ho fatto per me. Per quel poco che sarebbe la mia vita se ti facessero del male.»

Sì, fu esattamente lì che lo compresi.

A volte mi sembra di vederti. Non posso dirlo ad alta voce perché mi prenderebbero per matto e Luce si spaventerebbe. Le resto solo io e voglio che si senta al sicuro. Se crollo, lei si disfa.

Ma non è semplice, sai. Così mi chiudo in camera, mi sdraio dalla tua parte del letto e ti cerco. Il materasso ha la forma del tuo corpo e il cuscino tiene imprigionate le molecole del tuo odore, lo fa per me. Ci sono ancora i tuoi vestiti nell'armadio e il tuo shampoo alla vaniglia vicino alla vasca da bagno. Nessuno dei due ha intenzione di spostarli. Siamo d'accordo senza averne parlato.

Fa male davvero, Viola, più di qualunque cosa fa male la mattina quando sto in cucina e ho la sensazione che tu stia per entrare.

Sai cosa faccio quando la tua mancanza mi si gonfia dentro? Apro il frigo e scaldo la marmellata tra le mani. È lì che il tempo si ferma.

È un attimo, come il battito di un'ala, in cui mi sembra tutto a posto. Poi ogni cosa torna come prima e un pugno mi blocca lo stomaco.

Il dolore è strano. Si manifesta all'improvviso e puoi solo aspettare che scompaia da sé. Non ci sono soluzioni né risposte. Bisogna fare un respiro profondo e aspettare.

Però è vero che ti fa sentire vivo. Credo sia perché fa così male da toglierti il fiato. Ma se smetti di respirare vuol dire che sei ancora vivo, no?

I primi giorni stranamente sono stati più facili. Li passavo in ospedale accanto a Luce. Mi spiegarono che un quarto dei pazienti poteva rigettare l'organo subito dopo l'intervento, in genere nelle prime due settimane. Così quei giorni avevano un senso, un inizio e una fine. Quei rari momenti che non trascorrevo accanto a Luce andavo in biblioteca a leggere tutto ciò che poteva aiutarmi a capire com'era la vita di un trapiantato.

Divenni un esperto di interazione tra farmaci post-trapianto, di come evitare le infezioni riducendo al minimo la frequentazione di luoghi affollati e chiusi, dell'utilizzo della mascherina in presenza di altre persone per i primi mesi dopo l'intervento, di come curare la pulizia di mani e unghie, di come evitare tagli o ferite e di lavarli immediatamente con acqua, sapone e disinfettante. Tenevo controllato ogni mutamento della sua cute, e badavo che non mangiasse cibo crudo.

Faccio pulire casa a fondo tre volte alla settimana ed evito che tocchi animali e piante.

Mia madre si è spenta. Non la riconosceresti. Del tutto priva di energia e grinta. Quando ha saputo cosa avevi fatto è scoppiata in lacrime come una bambina. Era un pianto vero.

Al tuo funerale singhiozzava sommessa e scuoteva la testa guardando la croce. Era il suo modo di dire a Dio che l'aveva delusa. Forse pensava che avrebbe lottato con te per sempre, ma che sarebbe stata lei la prima ad arrendersi. Una sera mi ha abbracciato e ha sussurrato: «Perdonami». Credo che lo stesse dicendo a te.

Si può accettare di essere secondi nell'amore di un figlio solo se a precederti è suo figlio. Era difficile per lei accettare quanto io ti amassi. E ora la capisco: quando Luce se ne andrà perché un altro uomo la porterà via da me, io perderò molto di più di una figlia, perderò un pezzo di me, quello bello.

Qualche sera fa l'ho sorpresa mentre sfogliava i nostri vecchi album di ricordi, insieme a Luce. Le sentivo ridere. Credo che voglia che Luce si ricordi bene com'era fatto il tuo viso. Dice che è importante. Io non ci riesco a guardarti. Ma loro sono più forti di me. Sarà perché sono donne? Perché sono come te?

Faccio finta di niente, ma ho la mia scorta di ricordi di te e per ora me li sfoglio nella testa uno per volta. La tua bocca e il tuo sorriso, la prima volta che ti ho visto durante la riunione studentesca, il tuo modo di diventare aggressiva quando ti sentivi in pericolo, le tue canzoni preferite e il nostro ristorante. La tua torta alle nocciole e tutte le nostre prime volte. Il primo film al cinema, la prima uscita in auto da soli, la prima volta al mare, il tuo primo regalo e gli elenchi di tutte le cose memorabili che sono avvenute nelle nostre date importanti.

L'altra sera ho guardato le foto della vacanza in Marocco al computer. Mentre le scorrevo con Luce seduta sul mio ginocchio sei comparsa come se ti avessimo chiamata. C'erano due foto tue in galleria. Probabilmente te le aveva scattate Angela a tua insaputa. Siamo rimasti in silenzio a guardarti. Poi le ho salvate in una cartella che ho chiamato NOI, così che Luce possa trovarle ogni volta che ne sente il bisogno.

Angela e Luca ci stanno molto vicino. Anche se lei non sembra più la stessa. Si è sbiadita.

Una sera a settimana andiamo a cena da loro e Luce passa in galleria quasi tutti i giorni. Credo che le piacerebbe lavorarci e appena si sarà diplomata lo potrà fare. Quando torna a casa mi parla di un sacco di cose che Angela le racconta della tua vita là dentro. Cose che io nemmeno immaginavo, così mi siedo accanto a lei e l'ascolto.

Qualche giorno dopo l'uscita dall'ospedale, Angela e io l'abbiamo accompagnata al cimitero. Se sapessi quanta pena ho provato a vederla arrancare ostinata verso di te. Ho cercato anche di fermarla, «Torniamo a casa, Luce. Lo faremo un'altra volta», ma Angela, rassicurante come una coperta, ha afferrato la sua mano scortandola davanti alla tua foto.

Abbracciandole le spalle, le ha parlato in un orecchio. Luce ormai è alta quanto lei, quanto te.

Io, qualche passo indietro, le ho guardate appoggiare le mani intrecciate sul marmo e ho sentito Angela sussurrare: «Ci penso io, stai tranquilla amica mia, faremo grandi cose qui, ma tu non ti distrarre e continua a guardarci, abbiamo ancora bisogno di te,» poi una piccola pausa per prendere fiato e allargare un sorriso «noi siamo una squadra e le squadre non si sciolgono mai» e con tono vincente, gettando il vostro sguardo complice negli occhi di Luce, ha continuato: «Me l'ha insegnato la tua mamma tanti anni fa». Luce, sotto la mascherina, ha sorriso per la prima volta da giorni. Così, come se fosse sorto il sole, ho sorriso anch'io dopo tanto tempo.

Non ho mai chiesto ad Angela se sapesse la verità. In cuor mio credo di sì, ma so che non me lo avrebbe mai detto, per proteggerti. In fondo sono felice che tu abbia avuto un'amica come lei. Ho sempre pensato che se per un qualsiasi motivo voi vi foste perse, una parte di te si sarebbe nebulizzata e anch'io avrei perso qualcosa di bello. Ma lo ammetto, a volte ne ero geloso. Non tanto di lei, quanto del suo modo di capirti al volo, di entrarti dentro senza farti mai domande. Ho provato a imitarla, ma credo che i miei siano rimasti semplici silenzi e nulla più.

Ogni tanto ci penso a quello che mi hanno detto in ospedale quella notte. Poi guardo Luce e tutto svanisce in un secondo. Lei riesce a mettere le cose a posto anche per me.

Vorrei che tu ogni tanto mi mandassi un segnale per capire se sto facendo un buon lavoro e se sei d'accordo con le mie decisioni.

Perché ho paura di non farcela da solo.

So che farò fatica a misurare la mia invadenza nella sua vita. A non sentirmi escluso, a dormire se lei non sarà a casa. A guardarla mentre commette errori o ancor peggio a vederla soffrire.

Farò fatica ad accettare che stia diventando una donna. Una bellissima donna. Come te.

Ringraziamenti

Questo libro e tutto quello che lo accompagnerà lo dedico alla mia Resistenza: Stefania e Lucia, perché non mi basterebbero le pagine di cento libri per raccontare quanto hanno fatto per me.

A tutti i miei amici e tutte le mie amiche che mi dimostrano sempre che l'amicizia esiste (eccome se esiste!), con uno sguardo particolare per Francesca, Michela, Giuseppe, Michele e Salvatore.

A Paolo perché anche l'amore esiste e sono felice di averlo scoperto.

A Mariangela, Camillo, Fabio e Svetlana, la mia bella famiglia.

A Silvia che è un genio anche se, come dice lei, ha svolto solo il suo lavoro!

A Martina e Donatella indispensabili compagne di viaggio.

A tutti quelli che, come me, hanno sempre un sogno da realizzare.

Indice

Stampato presso Giunti Industrie Grafiche S.p.A.
Stabilimento di Prato